講談社文庫

スピンク合財帖

町田 康

講談社

スピンク合財帖　目次

はじめに

私の名前はスピンク。五歳の雄の犬です。犬種はスタンダードプードルで、色はホワイトということになっているのですが、実際にはややベージュがかっています。

私は山奥にある家で美徴さん、キューティー、シード、たくさんの猫さんたち、そして主人・ポチと一緒に暮らしています。

美徴さんは人間で、私たちにご飯を作ってくれたり、遊んでくれたりします。キューティーは私と同時に生まれた兄弟です。

実は、私は生後四ヵ月で、キューティーは生後一年で、行きどころを失いました。そのとき私を引き取ってくれたのが美徴さんたちです。それ以来、みんなで暮らしているのです。

シードとは兄弟ではなく、別に事情があって一緒に暮らしています。なぜ、私たちがシードと一緒に暮らすようになったかについては、後ほど詳しくお話しいたします。

主人・ポチも人間で、私たちの主人ということになっているのですが、半分は犬のような人です。主人・ポチというのは私がつけた呼び名なのです。

多くの人間は、仕事、というものを持っているようですが、主人・ポチは、小説、というものを書いて、それを仕事と言い張っております。

ポチが書いた小説とやらはいずれ本というものになって出るそうです。

私は、それだったら私も本を出してみようかな、と思いました。

それがこの本です。

この本のなかで私は、私たちがどんな風に暮らしているかについて語っていこう、と思ったのです。

普通は本を書かない犬が書いた本なのでいろいろ不備があるかもしれませんが、そこはひとつご愛嬌ということでご容赦ねがいます。

そいじゃ、どうぞごゆっくり。どうぞごゆったり。

平成二十四年八月の暑い日にスピンク記す。

スピンク合財帖

地獄の箱根行で病を得る

三月になりました。三寒四温なんて言うようですが、どうもこの時期は寒かったり暑かったりして、体調を崩す方が多いようで、ご多分に漏れず私も体調を崩してしまいました。

吐き気がとまらず、お腹の具合も良くありません。全身がだるく、食欲がまったくなくて尻尾もショボボンと垂れ下がったままです。

なにをする気力もなく、終日、リビングルームの床にただただ横たわっています。

それも普段であれば、長々と手足を伸ばして横たわるのですが、腹がいたいので、まーるく、小さーく、かたーくなって寝ています。

なんでそんなことになってしまったかというと箱根に行ったからです。

申し上げた通り、天候がずっと不順でした。春のように暖かかったかと思ったら、厳冬期のように寒くなりました。

また、雨または雪がしばしば降って私たちは降りこめられて出掛けられませんでした。

キューティーやなんかはそうでもないのですが、私は何日も外出できない日が続くと、どういう訳か頭の中に黒雲が湧いたようになって犬っぱしり、室内を全力疾走して器物を損壊したり、主人・ポチに背後から飛びついて腰骨を砕く、といった行為に及んでしまうので、それを恐れるあまりポチは、雨がやむと、それ、とばかりに外出の準備を始めます。

箱根に行った日もそうで、前日まで雪が降っていたのですが、その日の午前は晴れ間がのぞいていました。

そいじゃあ、出掛けよう。ということになったのですが、腕を組んで首をひねり、しきりに何事かを考える風であったポチは、やがて腕を解き、私たちに、

「いつもと同じように近所を散歩しているのではいかにも曲がない。ここは一番、ちょっと遠出をして箱根の芦ノ湖にでも行こうじゃないか」

と提案しました。

しかし、美徴さんはこれに反対をしました。なぜなら芦ノ湖に行くためには天下の険と言われる箱根の山を越えていかなければならないからです。

「山の上はまだ雪が残っているだろうし、道路も凍結していて危ないんじゃないの。それに寒そうだし」

そう言って反対する美徴さんをポチは、

「なにをいうか。青二才が。虎穴に入らずんば虎児を得ず、っていうんだよ。こけつ転《ま》ろびつロックンロール、つんだよ。芦ノ湖畔に素敵なレストランがあるんだよ。そこでチンラを食べましょうよ。うまいよ、チンラ」

などと説得、ついに出掛けることになりました。

身支度をして表に出るなり美徴さんが、さむっ、と言いました。そして、これから越えていかなければならない山の方を見て、うわっ、と言いました。

山が雪で真っ白だったからです。

「大丈夫なの」

「大丈夫、大丈夫。大乗仏教、てぇくらいのものだ」

そんなことを言って出掛けた山道、マジ、怖かったです。

予想通り、山の上はまだ雪がちらついていて、積もってはいないものの曲がりくねった路面は滑り易く、ただの前輪駆動なうえ、ノーマルタイヤのポチの車はハンドルを切る度に、ズサササ、とあらぬ方へ滑っていきます。狭い道なのに対向車も結構来るし、それよりなにより、左側は断崖絶壁です。

そのうえ霧も出てきて視界がきかなくなってきました。

さすがに緊張した様子でハンドルを握っているポチに美徴さんが言いました。

「お正月、初詣をしたときにいただいてきたお守り身につけてる？」

「うん。バッグについてる。っていうか、そんな神仏の加護を祈念するほどいまヤバい感じですか」

「うん。そんな感じ」

なんて危機的状況に私たちはあったのですが、どうやら祈りが届いたらしく、全員で谷底に転落することもなく、なんとか芦ノ湖にたどり着きました。

湖畔にも雪が積もっていました。しかし、それまで降りこめられて遊びにいけなかった私たちは嬉しくてなりません。さあ、待ちに待った散歩だ、と、奮い立って荷室から飛び降り、前脚を揃えて伸ばし、尻をたっかく上げて、人間で言うところの、伸び、をし、それから、全身をブルブル震わせて、「さあ、いくぞ」という態勢をとったのですが、ここでポチは、あろうことか、腹が空いたので先ずチンラを食べ、それから散歩をしよう、という愚劣なことを言いました。

私は呆れ果てました。まったくもってなにをお考えになっていらっしゃるのでしょうか、と思いました。私が何日間、散歩を我慢したと思っているのでしょうか。ポチが言っているのは二十年間、懲役刑に服し、ようやっと娑婆に出た人間に、「さあ、まずは教会にお祈りに行こう」と言っているようなもので、到底、同意できるものではありません。

また、美徴さんも不服な様子でした。

なぜならば芦ノ湖畔の寒さたるや激烈で、そのレストランはテラス席のみ、私たちも入れるらしいのですが、この寒さのなか、テラス席で食事をするのは正気の沙汰とは思えなかったからです。

ただ、ポチひとりがやる気満々で、私たちの意見を無視して、「さあ、おいしいチンラを食べにいきましょうおず。ヒアウイゴ」なんて言って先に立って歩き出し、私たちは不承不承、これに従いました。

そうして摂った食事はさんざんでした。

アルバイト店員は無愛想を通り越して威丈高で、ポチと美徴さんは、膝掛けを持ってきてもらったり、料理を注文するためには、懇願するか、怒鳴りつけるしかありませんでした。あたたかい料理は忽ちにして冷め、ときに冷凍食品を食べているようでした。

苦行のような食事でした。

当然、美徴さんは黙りがちで、私たちも退屈なので、立ち上がってウロウロしたり、店に入ってくる人にガウガウ吠えたり、そうするうち昂奮したキューティーが噛みかかってきてムカついたので本気で噛み返して流血したり、みたいなことをしていると、最初のうちは、なんとかして盛り上げようとして、「いっやー、おいしいねー」とか、「もっと寒いかと思ってたけどたいしたことないねー」とか、「その膝掛け、肩にかけるより尻に敷いた方があったかいよ」とか、「ホタルイカとヤリイカではどっちが強いんだろうね」なんて、しきりに美徴さんに話しかけていたポチが、ついにぶち切れ、せっかく連れてきてやったのに君たちのその態度はなんだ、もうちょっと楽しそうにしたらどうだ、と言って怒り出しました。

怒っているポチに美徴さんは冷然たる調子で言いました。

「別に連れてってくれって頼んでません」

「そ、そりゃそうかも知らんが……、っていうか、なんなんだ、君のその冷然たる言い方は」

「寒いんで自然と冷然となるんです」

「理窟を言うな。わかった。じゃあ、帰ろう。その代わりいいか、もう僕は二度と君たちとお出かけはしないからな。チンラなんて一生、食べない」

そう言って、ポチは店員を呼び、「なに？　デザート？　こんな網走番外地みたいなところでそんなものが食えるか。さっさと勘定書をもってこい」と言いました。

さあ、慌てたのは私たちです。

だってそうでしょう。散歩ができると思えばこそ、死の恐怖を乗り越え、酷烈な寒さの中、じっと我慢をして待っていたのです。それができないのなら、なんのために私たちはここにやってきたのでしょうか。そんな無意味なことには耐えられません。

私はポチに、「約束が違うと思うんですけど」と抗議しました。実にまっとうな抗議です。けれども激高しているポチは、「うるさい。おまえらに俺の気持ちがわかってたまるか。俺の心は砂漠だよ。お座り」と言いました。

仕方ないので、いやいやですが座りをすると、吐き捨てるように、You are good boy. と言って立ち上がりました。

なんで英語やねん。つか、褒め言葉を吐き捨てるように言うなよ。

そう、心のなかで突き込みをいれながら私はポチに付いていくと、ポチはずんずん車の方に歩いていきます。

私は驚きました。

まあ、そんなことを言いながらも、せっかくここまで来たのだから少しくらいは湖畔を散歩するだろう、と思っていたからです。私は慌てて主人に言いました。

「違う、違う。湖畔はあっちですよ」

「うるさいっ。折角、連れてきてやったのに全員で不足たらしい顔をしやがって。なにが散歩だ。僕はもう一生涯、家から出ない。薄暗い部屋で覆面をしてソファーに俯せになって、水も飲まない、飯も食わないでブルブル震えて人生を終える」

「そんなこと言わないで行きましょうよ」

「誰が行くか。行くならおまえらだけで行け。僕は帰る。寒い」

「だから、美徴さんが寒いからよそう、って言ったじゃないですか」

「おまえたちは、この傷ついた僕をさらに追い詰めるのか?」

「いや、そういう訳じゃないけど」

「いや、そういう訳だ。いまの一言で僕の魂は回復不能なまでに傷ついた」

そう言い捨ててポチはさっさと車に乗り込みました。散歩はしたいけれどもこんな寒いところに置いてけ堀は困るので、納得がいきませんでしたが私たちもやむなく車に乗り込みました。

帰りの車内は行きとは違った意味で地獄でした。

道は、山を大きく迂回して帰りましたから行きのように危険ということはなかったのですが、ポチは憤然として口をきかず、美徴さんも不機嫌に黙り込んで車内の空気が激烈に気まずいのです。

その気配を察知してキューティーもワタワタしています。

そこで、なんとか皆をリラックスさせようと、犬が熱い焼き豆腐を食べて困惑しているところの形態模写をしたり、とりあえず立ち上がってウロウロしたり、耳を舐めたり、いろいろ、なことをやってみたのですが、その都度、ポチに、「うるさいっ」と言われたり、美徴さんに、「スピンク、立ってると危ないから座ってなさい」と叱られたりして散々でした。

でも危ないのは本当に危なくて、なぜかというと、なんと幼稚で未熟な人物でしょうか、内面の荒廃がそのまま反映されたポチの運転はきわめて乱暴で、制限速度は遥かにオーバー、急発進、急ブレーキ上等、コーナーでは横揺れは甚だしく、信号のほとんどない一車線の田舎道で前に遅い車がいようものなら、車間距離を一センチにまで詰めて煽り立て、その間、ずっと、「迷惑かけんねやったら運転なんかするな」「死後、裁きにあえ」「野壺にはまれ」「屯田兵に犯されろ」「生きるな」「脳味噌を全部とりだして鯉に食べさせて、あと古新聞詰めとけ」などと聞くに堪えぬ罵詈雑言、呪いの言葉を発し続けてやまないのです。

これはなんの病気なのでしょうか。香山リカさんに相談に行った方がよいのでしょうか。

そんなことで、もうさんざんな箱根行きだったのですが、そのうえ私は寒さのため体調まで崩してしまったのです。

さらに私に続いてキューティーもシードも体調を崩しました。もうさっぱり枉惑《わや》です。

と言って、ああ？と思われた方、シードってたれ？と思われた方があると思います。

そりゃそうでしょう。私方は、美徴さん、猫さんたち、ポチ、キューティー、私しかおらないはずですものね。それについては、ワン。バウ。次の機会に申し上げることにいたしましょう。

シードのこと（一）

　おこんにちは。おこんばんは。おおはようございます。と、三種の挨拶をするのは、皆様がこれを読んでいる時間がわからないからですが、どもです、そんな風に意外に気を遣うタイプのスピンクです。そういえば先日はご心配をおかけしました。寒さで胃腸をやられていたのですが、お蔭さまで、投薬治療にて本復いたしました。

　しかし、それにつけても寒いです。四月の半ばになってもまだ寒く、昨日は半ばは霙《みぞれ》のような雨が一日中降ってました。今朝方は都心部で積雪があったようで、今日もやはり寒いようで、ポチは炬燵にしがみついて離れません。それでも、ときおり、「ううっ、寒っ」と言って上半身を揺すぶり、身を縮めるようにしているのは、冬の間、普段着にしていたセーターを私がしばしば嚙んで引っぱり、ワカメのようにしてしまったため急遽、もう冬物のほとんど置いていないユニクロで買った薄手のセーターに薄いカーディガンを羽織っているだけだからです。

だったら、厚手のセーターに着替えればよいのですが、炬燵から出る勇気がポチにはなく、寒、寒、と言いながら炬燵にしがみついています。いつになったら炬燵から出るのでしょうか。

昨日は塙さんという人がやってきました。

裏庭の枝垂桜をみながら、外で一杯やろう、という計画らしく、塙さんはシャンパン、ワインのボトルとキッシュやマリネーの入った包みをぶら提げてやってきました。

しかし、朝から冷たい雨が降っていますし、桜もあらかた散って、緑の葉っぱが出てきています。

どうするのかな、と思ってみていたら、彼らは、まったく動じず、室内で通常の宴会を始めました。

ポチは、炭火焼、と称して、カンテキに炭を熾し、つくね、腿肉、空豆、砂肝などを焼いています。

要するにただ飲みたいだけで、枝垂桜はどうでもよかったようです。

それならば、ただ飲む、と言えばよいのに、ポチは、やれ桜がどうした、とか、梅がどうしたとか、雪が降ったから、とか、いろんなことを言って酒を飲みます。

どうやら、人間の方では、なにもない日に酒を飲んではいけない、ということになっているようです。

しかし、本当になにもない空無のような一日、という日はないようで、雨が降ったから。風が吹いたから。花が咲いたから。月が美しいから。たまの休みだから。今日はよく働いたから。人が来たから。誰も来ないでのんびりするから。なんて言って、結局、毎日、飲んでいます。

というか、空無が現出する、なんてことがあったら、それこそ、こんな凄いことが起きているのだから、それを記念して酒でも飲もう、ということに当然、なるでしょう。本当は酒なんか飲んでいる場合ではないと思うんですけどね。

そんなことで、つまり毎日、酒を飲んでいるのですが、先月の晦日もやはりポチは宵から酒を飲んでいました。

しかし、それにもやはり口実が必要で、いつものように、夕方になるのを待ちかねたようにそそくさとグラスやつまみものの準備を始めたポチに美徴さんが、「また、飲むの？」と嫌な顔で言いました。今日はどんな口実をつけるのかな、と思って聞いているといと、しばらく考えていたポチはやがて威張って言いました。

「なにを言うか。今日がなんの日か知っていてそんなことを言うのか」

「知らない。なんの日？」

「知らないのなら仕方ない、教えてやろう。シードが家にきて今日でちょうど三ヵ月なんだよ」

「あっ、そうか」

「忘れてたのか。酷薄な奴だな」

「忘れてないよ。シードが家にきたのは去年の大晦日」

「ザッツライト、マスカラスネーク。今日は、あの、牧場にいたシードが、我が家の一員になって三ヵ月という、記念すべき日なんだよ。めでたい日なんだよ。こんな日にはやはり、お酒を飲んでお祝いをしなければならない」

そう言って、ポチは、つまみもののチーズが欲しくてよちよちやってきてテーブルに手をかけて立ったようになっているシードの頭を撫で、

「家にきてよかったなあ、シード。よしよし。このチーズが欲しいのか。しかし、これは駄目だ。塩分が強いからね。向こうに行って犬用のおやつを貰ってきなさい」

と言って飲み始めました。

シードに構ったのはそれきりで、後は普通に飲んでいる、というのは花見のときと同じです。

そうしていつものように忽ちにして酔っぱらい、「私はもう寝るからね」と、誰だかわからない、ことさらに冷静な人格を装ったような口調で言い、二階へ行って寝てしまいます。

というのはまあいいとして、そう、シードです。

美徴さんが言ったようにシードは去年の大晦日、十二月三十一日に主人の家にやってきました。

というと、そんな押し詰まってから迎えるということはよくせき事情があったのでげしようなあ、と人は思うでしょうが、まあ、そこそこの事情はありました。

ってのは、去年の十二月の初め頃の話です。

隣町まで買物に行く途中にある牧場は、観光牧場で、そこで作っている麦酒やチーズや牛乳を買うことができ、また、牛だけではなく、山羊やなんかもいて、休日はテンションの低い家族連れで賑わいます。

賑わうのはいいことです。いろんなところがもっと賑わえばいいのです。しかし、ただそう思っていてもこれはやはり駄目で、賑やかにしようと思ったら自分から賑やかしにいかなければなりません。

というので、私たちも散歩がてら、ときどきその牧場を訪れていました。

その日も、じゃあひとつ賑やかしにいくか、というので隣町まで買物に行く途中に、その牧場に寄りました。

生憎とその日は平日で、平日の昼間に牧場に来て牛の目をじっと見る、なんて閑人がそうそうあるものでもなく、牧場は閑散としていました。

そこで私たちは頭を切り替えました。確かに賑やかなのは賑やかでいい。でも、別の側面からみればそれは群衆が殺到して混雑しているということで、ちょっとしたものを買うのにも競争になります。そうなると人間は、人に先んじたい、という心になりますから、その場がどうしても世知辛くなります。殺伐とします。苛々します。ストレスが溜まって病気になります。死にます。

と、まあ、死にはしないとしても、のんびりした牧場に行ってストレスを溜めていたのではなんの意味もありません。

その段、です。閑散としている、と言えば聞こえは悪いですが、別の言い方をすれば長閑《のどか》ということです。競争社会、格差社会、情報社会の軛《くびき》から逃れて、のんびりと自然に触れられるということです。携帯電話の電源を切り、口笛を吹きながら歩く。

立ち止まって空を見上げる。電柱で立ち止まっては匂いを分析し、「おっ、これはあいつとあいつとあいつか。なるほど。ならば俺もちょっとだけ小便をしておくか」なんていう政治的な身振りもやめ、本来の人間らしさ、犬らしさを回復するのです。

という具合に考え方を切り替え、私たちは牧場の奥に進んでいったのですが、ある施設の前で美徴さんは立ち止まり、貼り紙のようなものをみて首を傾げました。ポチが美徴さんに尋ねました。

「いかがいたした」

「これ」

美徴さんはそう言って看板を指差しました。そこは以前からある兎広場という施設でなかにはいろんな種類の兎がいて兎の頭を撫でたり抱きしめたり食事を与えたりすることができる、という触れ込みの、いわゆるところの動物触れ合い広場みたいな施設でした。

私たちはこれまでその施設に入ったことがありませんでした。なぜなら、その施設は入場無料の牧場のなかで唯一の有料の施設で、ポチが、その入場料を支払うのを嫌ったからです。といってその入場料はたかだか数百圓で、なんとも吝嗇なポチですが、なにしろ貧乏をしているものですから、どうか主人を大目にみて、主人と道で出会っても、「どうだ。いまからみんなして無駄遣いをして遊ぶのだが貴様も来ぬか」なんて嘲弄するのはやめてくださいね。当人は貧乏なくせに、そういうことだけをしたがる性分で無分別を起こさないとも限りませぬので、どうかよろしくお願いします。

なんてことはどうでもいい話でした。ええ、なんの話でしたっけ。あ、そうそう。貼り紙です。

その有料の兎広場の入り口のところに貼り出された貼り紙には、「セラピードッグ来場中」と書いてあったのです。美徴さんはポチに言いました。

「セラピードッグってなんだろう」

「セラピードッグ。ううむ。ちょっと待ちなさい。考えるから。うーんと、あっ、そうか。わかった」

「なにがわかったの」

「つまり、それはあれじゃないですか。セラピードッグとはつまり、なにかをセラピーするドッグのことなんじゃないでしょうかねぇ」

「もういい」

美徴さんはそう言うと、私たちに、「ここで待っているように。なんだったらポチに言って、このあたりを散歩していてもいいよ。私はちょっとなかに入ってみてくる。セラピードッグってなんなのかを知りたいから」と言いました。

置いてけ堀はよしやしょうや。私たちだって兎をみたい。というので私とキューティーは、「いやです」と言いました。

「うん。わかるよ。でも、ほら、ここをみなさい。ペットを連れてのご入場はご遠慮ください、って書いてあるでしょ」

「そ、それはおかしい。だって、なかにセラピードッグという犬がいるんでしょ。だったらどうして私たちが入れないのですか。同じ犬じゃないですか。それに遠慮と禁止は意味が違うのではないでしょうか。そもそも遠慮ということを一切しない性格の人もいる訳ですし」

と、そう主張すると、「まあまあまあまあ」とポチが割って入りました。

「それは理窟で言えばそうかも知れない。しかし、それぞれにはそれぞれの事情というものがある。理詰で相手を追いつめるのはいかにも気の毒だ。入るな、と言っているのを無理に入って事を荒立てる必要はない。柳に風と受けながす。人生さらさら、お茶漬さくさく、ここは一番、私と一緒にこの近隣を散歩しよう。あの土手沿いの道を歩けばいかにも気分が良さそうじゃないか、な。スピンク」と、いつにない、おさ

まりかえった、余裕をかました口調で言い、それから美徴さんに、

「ってことで、スピンクとキューティーは僕が引き受けた。君はなかに入ってゆっくりセラピードッグの謎を解明してくるがよろしかろう。さ、引き綱を呉れ給え」

と言って引き綱を受け取り、私たちをぐいぐい引っ張り、私たちは振り返り振り返り、兎広場から離れていかざるを得ませんでした。なんでポチがそんなことを言うかと言うと理由をみなさんは、きっとポチは二人分の入場料を支払うのが嫌だったからだろう。まったくもって見下げ果てたブタ野郎だ。早死にすればいいのに。と思うのでしょうか。どうか私に免じてそんなことは思わないでやってくださいね、といって思ってしまったものは取り消せないので仕方がありませんが、本人には言わないでやってくださいね。主人は傷つきやすい心の持ち主なので。

って訳で、美徴さんが兎広場に入っていったところまでお話ししたいま現在、ちょっと急用を思い出しましたので、本日はこれで失礼をいたします。続きはまた今度お話しいたすことにいたしましょう。その頃には気持ちのいい気候になっていることでしょう。

シードのこと（二）

おこんにちは。スピンクです。五月半ばになりました。にもかかわらず主人・ポチは、はしらーのー、きーずーはー、おとーしのー、ごーがーつー、いつかーのー、せいくーらーべー、なんて歌っています。

最近、気がついたのですが、こういうときポチはなにも考えていません。脳を経由せず、ただ、声帯が不随意に震えているだけなのです。だから、ポチに、「なにを愚かなことを言ってるのだ。五月五日はとうに過ぎた。今日は五月十九日ですよ」と言っても、「え、なんの話?」と言って不思議そうな顔をするだけです。

なんでそんなことになるかというと、これも最近、知ったのですが、ポチは若い頃、歌手をしていたそうで、そうして歌手みたいなことをすると、言葉を音として認識して、普通の人のように言葉や文章を意味の連なりとしてとらえられなくなる場合が稀にあるそうです。気の毒なことです。

まあ、いわゆる職業病なのでしょうが、ポチの場合、きわめて重症であると思われます。というのは、ポチは歌っているときだけではなく、通常に会話しているときでさえ、ただ声帯が振動しているだけ、という状態に陥ることがあるからです。

例えば、ポチはときどきひとりで、「春ゲムのチューポンを法乳していかないとな」なんて意味不明なことを呟きます。

それは小さな呟きですが、語感が異様なので、聞き流すことができず、え？　なに？　と思ってしまいます。

美徴さんもそうらしく、ポチがそんなことを呟くと、「え？　いまなんか言った？」と問います。

しかし、主人はただ気持ちよく喉を鳴らしただけで、それには小鳥が、ちゅんちゅら、と囀《さえず》ったほどの意味もありません。

説明することのできないポチは、「いや、別にひとりごとを言っただけだ」と言って誤魔化します。

さらにひどいのは、言葉と音声と感情が入り交じって、傍から見ると狂人にしかみえない、という状態になることがあるということで、あるとき茶をいれようとした美徴さんが、テーブルに座ってなにかを読んでいたポチに、「お茶、飲む？」と尋ねました。

普通であれば、「いや、いまは要らない」とか、「うん。もらおう」と言うでしょう。ところが推測するに、このときポチは甚だしく茶を飲みたい精神状態だったのでしょう、突然立ち上がると、なにごとかに抗議する人のように両の拳を振り上げ、天につきあげるように上下させつつ、「チャー、チャー、チャー、チャー」と叫びながら、廊下に向かって突進していったのです。

私たちは呆れてものが言えませんでした。

そんなことでポチの歌はどうぞ聞き流してください。

そのうえで私には先日に引き続いて昨年の十二月の話をさせてください。そうです。先日の話の続きです。

先月、私は、セラピードッグの謎を探るべく美徴さんが兎広場に入っていくところまで話をしました。さて、その後、どうなったでしょうか。

兎広場の前で美徴さんと別れた私とキューティーとポチは牧場の回りを散歩しました。牧場は四囲を山に囲まれた盆地にあり、周囲は灌漑のための水路が縦横に流れる田園地帯でした。

天気がよく風もなく、本来であればとても気持ちよく散歩ができるロケーションなのですが、私とキューティーはそんな気持ちになれませんでした。なぜかというと、私は兎広場に居るであろう兎の匂いを嗅いだり、セラピードッグという人たちとも会ってみたかったからだし、かつて捨て子され、美徴さんから離れたら死ぬ、と信じているキューティーは、美徴さんから引き離されたうえ、頼りないポチと、見ず知らずの盆地を彷徨するなどとんでもない、と感じていたからです。

しかし、ポチは拗ねやすい男で、私たちが牧場に戻ろう、と言うと、「拙者が折角、散歩に連れていってやると申しておるのに、帰ろうとはなんじゃ。プンプン」なんつい、「俺はもう散歩なんて一生いかない。ずっと家に閉じこもって夜ごと黒ミサを執行する。昼間は回転焼きを焼いては棄て焼いては棄てという不毛なことをやり続ける」なんて言い出さないとは限りません。

そこで、ともすれば立ち止まり、牧場の方を振り返って帰ろうとするキューティーに、「いっやー、たのしいね、おもしろいね。もうちょっとだけ行ってみようか」なんて話しかけ、ポチには、「いっやー、こんなよいところに連れてきてくれてうれしいなー。さすがポチ。エックセレント！　これでこの後、兎とかを見にいったらもっと楽しいのかなあ」などと話しかけて歩きます。愚かな主人を持つと苦労します。

そんなことで私たちは川沿いの道を歩き、途中で用便なども楽しんで、水車小屋のところまで行って、暫く景色を眺めた後、来た道を引き返しました。

どうやらポチは最初から水車小屋のところまで行って引き返す、と心に決めていたようで、水車小屋の傍らに着くとポケットから電話を取り出して時間を確認すると、

「よし。いまから戻ったらちょうど三十分だ」と、意味のあることを呟いたのでした。

そんな主人をみてつくづく思うのは、それにつけても、情趣・情感というものが乏しい男だな、ということです。

だってそうでしょう。こんなに長閑な田園を歩いているのですから、遠くの山並みを眺めたり、野に咲く花をみつけてかがみ込んだり、川のせせらぎに耳を傾けたりするでしょう。普通。

ところが、ポチときたら、そんな様子はまったくみせないで、水車小屋のところまで行く、と定めた段階で、余のことにはいっさい目もくれず、ただ一心不乱に水車小屋を目指して歩き、景色などには一瞥もくれません。また、水車小屋に行くと決めたのも水車小屋に興味・関心があったからではなく、水車小屋まで行って戻ればだいたい三十分くらいで、その三十分後にはセラピードッグの謎は解明されているだろうと

見当をつけたからに過ぎません。まったくもっておもしろみのない男です。

兎広場まで引き返し、入り口の前の藤棚の下でしばらく待っていると、美徴さんが出てきました。キューティーが大喜びで飛びつきます。なんだかわからないけれども、私も飛びつきます。なぜかポチも付和雷同してきゃあきゃあ言ってくるくる回転します。そんな私たちに美徴さんが、「わかった、わかったから」と言ってようやっと騒ぎが鎮まるのはいつものことです。

騒ぎが鎮まって我に返ったポチが美徴さんに、「で、どうだったんですか。セラピードッグの謎は解明されたんですか」と、尋ねると、美徴さんは、「だいたいわかった」と言って話を始めました。

美徴さんによると、セラピードッグとは病気で弱っていたり、リハビリテーションを受けている人、孤独な人に寄り添うことによって、その心身によい影響をもたらす、セラピーする、犬のことらしいです。

そして、どんな犬がセラピードッグになるかというと、それは捨て犬で、捨てられて殺処分される犬を保護して訓練を施し、そうして人の役に立つセラピードッグにする・人間社会のなかに居場所を与えるということだそうです。

それを聞いたポチは、「なんだ、いいことずくめじゃないか」と言いました。ところが、美徴さんは、「うん、まあね」と乗りの悪い感じで陰気に答えました。

主人・ポチは、美徴さんがそうして陰気にしているのが不思議な様子でしたが、私には美徴さんがなぜ陰気にしているのか、その理由がよくわかりました。キューティーもわかったらしく、変な顔をしていました。

なぜ美徴さんは陰気にしていたのでしょうか。

それは、人間の役に立つ犬がいい犬、という考え方に私たちも美徴さんも違和感を感じたからです。この国に野生の犬は居ません。この国に居るすべての犬は人間によって、「生産」された犬です。私もそうです。キューティーもそうです。

つまり私たちは最初から、人間の都合によって生まれてきているのです。なのに私たちは、吠えるから、とか、粗相をするから、とか、なつかないから、とか、嚙むから、とか、飽きたから、とか、子供が生まれたからなんていう理由で棄てられ、殺されるのです。

そこへ親切な人がやってきて助けてくれる。

それはとてもうれしいことだし、善いことだと思います。

そして私たちは、こう言われるのです。

「私は君を生かしてあげる。ただし、君は人間の役に立つ犬にならなければならない」

っていうのは、私たちにとってはつまり、普通の犬としては生かしてあげられないけれども、自分たちの役に立つ犬になるんだったら生きてもいいよ、と言われているということで、こんな過酷な話はありません。

人間で言えば、国の役に立つんだったら生きていてもいいけれども国に迷惑をかけるんだったら生きないでください、と言われているようなものです。

だって、そもそも私たちを生産したのはあんたたちでしょ。と、言いたくなります。

しかしです。だからといって、そんなことをやめろ、と言ってどうなるものでもありません。ただ、犬が殺されていくだけです。少なくともこのことによって犬が助かり、また、多くの人間に喜ばれているのだから、これは無条件に善いことだし、こういうことをやっている人の善意は本物だと私は信じます。

ただ、なによりも先に、人間の都合、を最優先し、それを前提にしないと物事が成り立っていかない人間社会ってなんなのだろう、と犬の私やキューティーは思うし、美徴さんもそれを思ってあんな暗い顔をしているのだと思ったのです。

けれども、どんなときも自己都合優先のエゴエゴな主人・ポチにはそこのところが

わかりません。ポチは美徴さんに、

「あのやー、あのやー、っというのは大阪府堺市のあたりの言葉で、あのさー、っていう言葉と同じ意味なんだけど、せっかくみんなで遊びにきているのに、そんな顔をされると気が滅入って、串カツの串打ちのバイトでも始めたいような気持ちになるんだけど、なんか問題ある訳？」

と、非難がましい口調で言いました。

それに対して美徴さんは、「別に問題がある訳じゃないけど……」と前置きして、右に私が言ったようなことを言いました。

犬が犬として幸福な一生を送ることはできないのだろうか。あくまでも人間にとって都合が良くなければならないのだろうか。というようなことを美徴さんは言ったのです。

そして鈍感でエゴエゴなポチは、初めのうちはその内容を理解できず、「えっ、どういうこと？」「それってでも」なんて言っていましたが、やがて、虚をつかれたようなはっとした顔をし、美徴さんが話し終わると、「なるほどー、そうかー」と言って暗い顔で黙ってしまいました。

それはそうだが、こんなところで暗い顔をして黙って立っていてもなににもならないんだけどなー、と思ったので、率直にそのことを申し上げるとポチは、「あ、ごめんごめん」と言い、歩き出しました。

歩きながらもなお美徴さんとポチはセラピードッグのことを話していました。そして美徴さんが言ったのです。

「それともうひとつ気になることがあって」

「なに？」

とポチが怯えたように言いました。

私は神聖な巨木について考えていました。

シードのこと（三）

六月になりました。そして、入梅しました。私たち犬にとっては散歩にいけない因果な季節です。ときどき遊ぶ、フラットコーテッドリトリバーのエンゾ君やバーニーズマウンテンドッグのラルフ君、エアデールテリアの裕次郎君なんて友人がおりますが、彼らは私なんかより遥かに大柄で、パワーもの凄く、外に出られず精神が鬱屈した際は、大型家具や家屋を破壊して憂さを晴らすそうです。さすがに私はそこまではいたしませんが。

そんなことでなにかとつらい梅雨の季節ですが、まあ、我慢をしてこないだの話の続きをいたしましょう。

牧場に行き、セラピードッグの実体を知り陰鬱になりつつさらに気になることがある、という美徴さんにポチは問いました。

「その気になることというのはなんだんね」

「それがね、ここにいる犬がみんな稀少な犬ばかりなんだけどね」

「なんだ、その稀少な犬っていうのは」

稀少な犬というのは登録数の少ない犬、すなわち、そこいらで容易に見かけない犬ということです。チワワ、トイプードル、ダックスフント、柴、ヨークシャーテリア、ポメラニアン、なんて犬種は皆さんも町で村で公園でよく見かけると思います。しかるに、ラルフやエンゾのような犬は、あまり見かけません。これを称して稀少犬種と言います。私たちスタンダードプードルもまず、この部類に入ります。自分の飼っている犬がどんな犬なのかを知らないポチは実に迂闊な男であると言えます。美徴さんにその説明を受けたポチは、ああ、そうなの。と、頓狂な声で言い、暫くしてから問いました。

「それのなにが問題なの」

「つまりね、ここにいるのは、ホワイトシェパード、サモエド、セントバーナード、スタンダードプードル、ボルゾイ、アフガンハウンド、といった珍しい、しかも大型の犬ばかりなんだよ」

「ううむ。なるほど」

と、ポチは、腕を組み、口を真一文字に結び、目を閉じて言いました。

というと、主人がなにかを理解したように聴こえますが、ポチはまったくなにも理解していなかったようで暫くしてまた問いました。

「なるほど。それはわかった。しかし、それのなにが問題なのだろうか。余にはそこのところが少しくわかりにくいのだ」

「そのなかにね、一頭だけ、ちっちゃなトイプードルが混ざっているのよ」

「えええええっ？　リアリィー？」

「そうなのよ」

「それはひどい。でも、ひとつだけ聞いていいかな」

「なに？」

「それのなにが問題なの？」

「うん、それがね、最初は大型犬の陰に隠れてみえなくて、そんなのいないと思ってたんだよ。そしたら、なんか下の方でね、黒くて小さいのが、必死になってなにかを訴えてて、見るとその黒いトイプードルがいたんだよ」

「おおおおおっ、オーマイガーッ、浄土真宗だったら、オーマイ阿弥陀如来っ、それはひどい。酷すぎると私も思うが、ひとつだけ理解できないことがあるのだけれども、それのなにが問題なんだろうか」

「つまりね、ここの犬はセラピードッグな訳じゃない？　それから、そこにも看板があるけど、レンタルドッグでもある訳だよ」

「なになに。あ、ほんまやほんまや、マヤコフスキー、というギャグを以前、使ったことがあるが大して受けなかったが、がが連続してるが、まあ、それはよいとしてほんまや。レンタルドッグ、お散歩一時間八百円、とメルヘンな感じの手書きの文字で書いて掲示してある」

「説明的な返事をありがとう。そういう場合、ほら、どうしても、珍しい大型犬に人気が集中するじゃない？　きゃあ、ボルゾイだ、きゃあ、スタンプーだっ、って感じで」

「そりゃ、そうだろうね。同じ八百円払うんだったら、なるべく珍しい犬がいいし、家庭で飼うのは難しそうな大型犬を選ぶ者が多いでしょう」

「なんでそんな天気予報みたいな口調で云うのかわからないけれども、相手になると調子に乗るから無視するけど、そうなるとほら、どこでも見かけるトイプー、なんてのはどうしても声がかからないでしょ」

「そうだね、お茶っぴき、って奴だ」

「なにそれ」

「花柳界の業界用語だ」

「あなた花柳界なんて知ってるの」

「存ぜぬ」

「知らんことを偉そうに云うな、と私は言いたいが、まあ、それはよいとして、そうして声がかからない感じ、無視されている感じ、いないことにされている感じ、存在の薄い感じ、薄幸な感じがその犬から、もの凄く漂っていて、もの凄く哀れで可哀想な感じがしたんだよ」

「つまり、それを喩えていうと、着飾った美しい男女が楽しく語らったり踊ったりしているパーティー会場に、ひとりだけ汚れてみすぼらしい衣服を着た、どんくさそうな兄ちゃんが混ざっている、って感じか」

「そうそうそう。あなたにしては上手な喩えだね」

「なぜそういう比喩表現がすっと出てきたかというと、僕自身がそういう状況を何度も体験しているからなんだけどね」

「じゃあ、その犬の惨めな気持ちがよくわかるんじゃない？」

「うん。わかるわかる。っていうか、わかった。すべての疑問が氷解した。さ、では散歩を続行しましょうか。さ、スピンク、キューティー、おいで」

と、ポチは散歩を続行しようとしました。

「ちょっと待って」

「なんだ。ソフトクリームを買ってほしいのか」

「そうじゃなく」

「じゃあ、なんだ」

「私は可哀想な犬の話をしたんだけど」

「そうだよ」

「それでなんとも思わないの」

「なんとも思わなくはない。それは可哀想なことだ。気の毒なことだ。と思ったよ」

「それで？」

「それでおしまいだよ」

「その犬を助けようと思わないの？」

「誰が？」

「あなたが」

「えええっ、僕ですかあ。それは無理だ」

「なんで」

「だってもうウチにはスピンクとキューティーが居る」

「居たらなんでだめなの」

「なんでって、それはあれだよ。スピンクとキューティーの世話だけでも手一杯なのに、さらに犬が増えたら、うちは回っていかなくなる」

「でも、あの子はしょせん小型犬だから、たいしたことないんじゃない」

「それが素人の赤坂だ。君はシェーンベルクの著作を読んだことがないからそんなことが云えるのだ。いいか。シェーンベルクはな、小人と巨人が同じく目鼻・手足をもつがごとくに、長大な曲も小品も同じ構造・形式をもつ、といっているんだよ。それは犬でも同じことで、小型犬だからといって手間がかからないということにはならないんだよ、シェーンベルクによると。そして、シェーンベルクは常に正しい」

「云ってる意味が分からない。具体的に云ってよ」

「具体的に云えば、そらあ、おまえ、餌代、なんていうのはたいしたことないだろうが、それなりにかかるだろうし、やれワクチンだなんだって医療費もかかるし、この手の犬は君も先刻承知だろうが、毛がグングン伸びてほうっておくとラスタファーライになってしまうし、たいへんなんだよ」

と、ポチが云うと美徴さんは、露骨に、あ、なんだ、という顔をし、主人はそれを目敏く見咎めて言いました。

「あ、君、いま、あ、なんだ、カネか。くだらん。っていう顔しただろう。いーや、した。もちろん、可哀想な犬は可哀想だ。しかし、カネもないくせに無闇に犬を引き取ったらその犬はどうなると思う。まともな医療も受けられず、メシも粗悪なものしか食べられず、いまより、もっと悲惨なことになるかも知れないんだぜ。そして僕は別に自慢をする訳じゃないが、カネがないんだよ。いまでも相当の無理をしてるんだよ。それをなんで君はわかってくれないんだ」

「ほっほーん。そりゃ大変ですね。しかしじゃあ、私の方からひとつ質問があるんだけれどもいい？」

「いいよ」

「あなたはさあ、私たちにはいろいろ喧しいけど自分のことになるとけっこう無駄遣いしてないですか」

「ははははははっ。あはははははっ。と、わざと文章的に笑ってしまったよ。そんなことは断じてないよ」

「じゃあ、伺いますが、こないだあなたは鉄瓶を買ってこられましたよね」

「ぎくっ」

「なぜ、音声に出して言うんですか。あれはいったいいくらしたんですか」

「あれは、ううむ」

と、ポチが唸ったのは、ポチが以前、三万一千四百円もする鉄瓶を買って帰ったからです。黙ってしまったポチに追い打ちをかけるように美徴さんは言いました。

「あなたは自分の、いい感じ、だけはどんなことがあっても温存したい訳ですね」

「いや、必ずしもそういう訳では……」

「だってそうじゃん。自分が贅沢をする予算は削れないんでしょ。特別会計なんでしょ」

「いや、そうではなくて、うん。そうじゃない。僕はそんなケチな男じゃないよ」

「じゃあ、なんなの」

「つまりね、僕はスピンクとキューティーのことを心配してるんだよ。やはり新しい人が来ると、いくら気をつけていても、どうしてもそっちに意識が集中して前から居た人が等閑《なおざり》になりがちだからね。やはり、スピンクとキューティーは面白くないだろう、なあ、スピンク、キューティー」

ポチはそう言って私たちの顔を見ました。

「そうなの？　スピンク」と云って美徴さんも私の顔を見ました。そこで私は言いました。

「ぜんぜん大丈夫ですよ」

「キューティーは？」

「僕も大丈夫でしゅよ」

「大丈夫って云ってるけど」

美徴さんにそう言われた主人は慌てたように言いました。

「スピンク、気を遣わなくていいんだよ。嫌だったら嫌、ってはっきり言っていいんだよ。本当は嫌なんだろ？」

「ぜんぜん」

「あ、そうなの？　おっかしな奴だなあ」

ポチはそう言って自分の首の後ろを揉むようにしました。

私は黒いトイプードルとの暮らしはどんなだろう、と思っていました。

シードのこと（四）

七月になり梅雨が明けました。午前中はまだ凌ぎやすいですが、午後ともなると、びっかー、とお日ぃさんが照りつけ、道路も熱くなって靴というものを履いておらない私どもは肉球が焼けるので散歩に出ることができません。といって、靴を履いた人間が出歩いているかというと、あまりにも暑いので人間もあまり出歩いておりませぬ。出歩いているのは検非違使ばかり、って嘘嘘、いまどき検非違使なんておりませぬ。

なんて無意味な嘘を言うなどしながらつくづく思うのは、そうしてもはや、春過ぎて夏来にけらし白妙の衣ほすてふ天香具山、なんて持統天皇の御製の想起せられる夏になっているのにもかかわらず私はまだ冬の話をしているのだなあ、なんとも情けないことであるよなあ、ということで、こんなに全面的に夏なのだから私だって、花火、海水浴、中元、素麵、欠き氷、ロックフェスティバル、といった夏の話をしたい。けれどもシードの話がまだ終わっていないので冬のことを話さなければならないのです。

まったく私ときたらなんたら、ノロマな子犬なのでありましょうか。

という詠嘆には、ふたつの嘘が含まれています。

ひとつは、私はもはや三歳の成犬で子犬ではないということ。

もうひとつは私が夏のことについて語れないのは私一人の責任ではない、ということです。

では誰の責任なのか。

それは主人・ポチの責任です。

夏になってもまだ冬の話をしている私は確かにノロマかもしれません。しかし、私は絶対に冬の話をしなくてはならない、という訳ではありません。自由の身体なのですから、冬の話を突然、中断して、他の話を始めても誰からも文句を言われません。もっと言うと急に歌い出してもよいし、駆け出してもよいし、なにもしないでユラユラ揺れていてもよい訳です。

なので私はしようと思えば夏の話をできるのですが、それができません。

なぜなら、主人・ポチがそうした夏らしい体験をさせてくれないからです。花火を見に行ったり、スイミングプールに泳ぎに行ったり、欠き氷を食べたり、といった夏らしいことの一切をポチは激しく憎悪しており、そうしたことを金輪際しようとしないのです。

主人はすべての世間事、行事についてこの傾向があります。

世間の大多数の人がやることが嫌で嫌で仕方ないのです。

なので、ベストセラーは絶対に読みません（そのくせ、自分の書いたものがベストセラーになることは熱望しています。宝くじに当選するより可能性は低いと私は思いますが）。世間の人がサッカーに狂熱しているとき、頑にこれに背を向け、弁当を取り寄せてこれを食べながらルールも知らないくせにＮＨＫ囲碁を見るなどするのです。

なので夏になっても海水浴場になど近寄りもしません。そうした人々をニュースなどで見て、「なにを好き好んで塩水でびしょ濡れになりにいくのか。おまえは浅漬けか」とか、「なにを好き好んで砂に埋まっているのだ。おまえはラッキョか」とか、「若い娘がなんというあられもない恰好をしているのだ。色きちがいか」などと罵倒します。

花火大会なども激しく呪詛し、近隣で開催されると知れば前日から雨乞いをします。

中元については、贈ることはしませんが、貰う分については特に否定している様子は見受けられません。ただ、ポチに中元を贈ってくる人がいないだけです。素麵は文句も言わずに食べていますが、今年は春からなぜかぶち掛け饂飩《うどん》というのに凝っていてそればかり食べています。

ロックフェスティバルについては、銭と欺瞞の祭典、と断じています。そんなポチが主人なので私は夏のことを語れません。しかし、まあ、私なりに感じた夏、というのをいずれ語るかもしれません。とまれ。

シードのことです。

そんなことで、銭と手間がかかるのを怖れてシードを引き取るのを渋っていたポチでしたが、ある日、朝から本を読んでいたポチは、午飯《ひるはん》にスガキヤウドンを拵え、これを食しながら、脇で繕い物をしていた美徴さんに小難しい顔で、「余はあの犬を引き取ろうと思う」と、言いました。

なぜ、急に決意したのだろう。ことによるとさっきまで読んでいた本の影響だろう

か。ポチは直近に読んだ本や会った人に甚だしく影響を受ける傾向があるからね、と、そう思って、さっきまでポチが読んでいた本を、『マザー・テレサ　愛と祈りのことば』、とかを読んでいたのだろうか、と見にいくと、ポチが読んでいたのは、芥川龍之介著『蜘蛛の糸・杜子春』という文庫本で、私は、はっはーん、蜘蛛の糸を読んだのだな、と思った。

確か、蜘蛛の糸、というのは、死後に地獄に堕ちたムチャクチャな極悪人が、生前、一匹の蜘蛛を助けた、という一事によって、釈迦様に助けられる、という話です（結局は地獄に逆戻りするのですが）。

思うにポチは、いまシードを助けておけば、これから少々、悪事を働いて死後、いったんは地獄に堕ちても、その功徳によって、釈迦様に助けてもらえるのではないか。地獄というのは苦しいところらしい。いま、少々、銭がかかっても、保険をかけておくべきである、と、考えたのでしょう。どこまでいってもエゴエゴな男です。

そんなことで、私たちはシードを牧場に迎えに行きました。

暮れもいよいよ押し詰まった大晦日、十二月三十一日のことでした。

晴天でした。

予め電波式の会話機械、というと難しく聞こえるでしょうが、つまりはなんのことはない、たれもが持っているありふれた携帯電話で電話連絡を入れてあったため、行ったときには兎広場の入り口で担当者が待っていてくれ、私たちは彼を家に連れて帰ったのでした。

シード、という彼の名前はポチがつけたのではなく、そのとき担当者から聞いた彼の名前です。

なんでも彼は三歳までK県のブリーダーのところで種犬・繁殖犬として働いておったそうで、シードすなわちseed、ということらしく、あまりにも端的なので、ポチと美徴さんは新しく名前をつけようか、と議論したのですが、シードはもはや六歳であり、慣れた名前をいまさら変えるのはどうだろうか、という意見が出て、それもそうだと衆議一決、そのままシードと呼ぶことになったのです。

また、それに際してポチは十二万円を支払いました。

先方の言い分によると、シードの養育にあたって年間二万円の入費が掛かっており、掛けることの六年で十二万円也をお支払いくだされたし、ということで、ポチは淡々とこれを支払いました。芥川、恐るべし、です。しかし、プラス三万円で血統書、さらに三万円で生体保証をつけるという申し出は、即座に断りました。

血統書というのは、シードは種犬として働いていたというだけあって、アメリカン

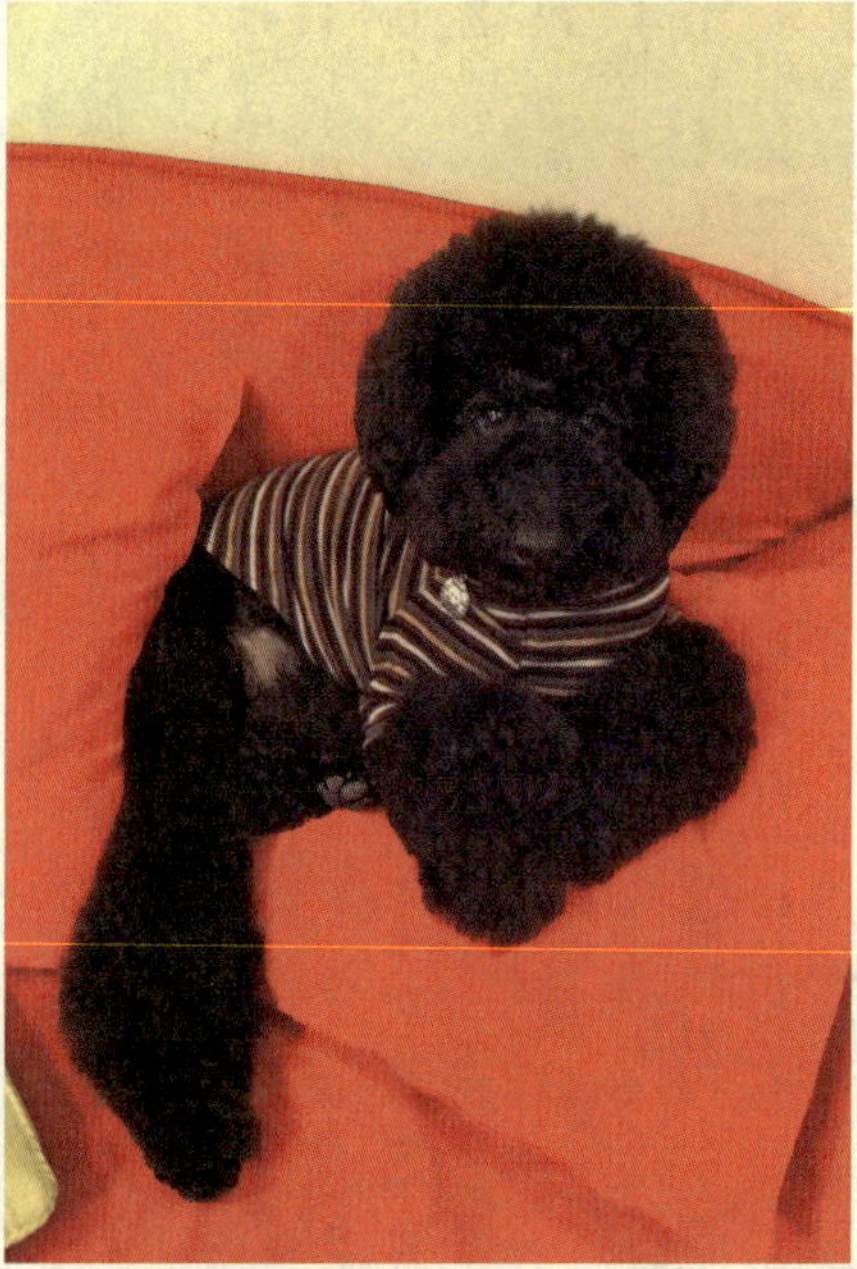

チャンピオンの直子《ちょくし》、ということらしく、また、外見から私たちはシードをトイプードルだと思っていたのですが、実はそうではなく、シードはミニチュアプードルという稀少な犬で、その血統書は持っていた方がなにかと有利、と先方は強調し、言下に、「いらね」と言う主人を訝しく思っているようでした。

生体保証というのは、私が聞いても首を捻るような話でした。どういうことかというと、シードが一年以内に死亡した場合、同等品、を無料で進呈する、というのです。誰が聞いても、それはないでしょう、という話で、ただでさえ吝嗇《けち》なポチは、当然、これを断りました。

そんなことでシードは大晦日に私たちのところにやってきました。住み慣れた場所を離れ、突然、知らない家にやってきていろいろ気を遣うだろう、大丈夫だよ、僕たちは親切な人たちだよ。

そういう意味合いを込めて、私はシードの尻や鼻の匂いを嗅ぎに行きました。ところが、シードは、「知らん」と言い、私とキューティーに挨拶抜きにソファーに座っていた美徴さんのところに走って行き、抱きついて美徴さんの口をベロベロ舐めました。美徴さんは、顔を顰め、うーん、うーん、と呻き、また、わかった、わかった、と言ってこれに耐えていました。

ひとしきり美徴さんの口を舐め回したシードは、こんだ、床に座り、その様を見て笑っていたポチのところへ走って行き、その口と鼻をベロベロに舐めました。

ポチは、「こころ悪い、こころ悪い」と呻きながらこれに耐えました。

後にわかったのですが、シードがそんなことをするのはセラピードッグとして働いていたからでした。そうすることによってシードは人に受け入れられてきたのです。なのでシードはあれから七ヵ月が過ぎ、夏になったいまでも人と見るや抱きつき、その口と鼻をベロベロ舐めるのです。

そのようにして、ポチは暫くの間、シードに鼻と口を舐められてのけぞっていましたが暫くして、「くさっ」と言って半ば腹の上にのしかかっていたシードの胴を抱き、床におろしました。

「どうしたの」

「なんかさあ、こいつ、全体的に臭いんだよ」

「あ、そういえば、クルマのなかでもなんとなく臭かったよね」

「なんの匂いだろう」

なんて美徴さんとポチは話し合っていましたが、人間の鼻というのは粗雑なものですね、私の犬鼻はそんなものはとっくに検出しています、ボルゾイの糞尿とシード自身の垢と山羊の糞、牛糞、醗酵した牧草が混じり合った匂いです。シャンプーやブラッシングをろくにしてもらえないまま、牧場に暮らし、主にボルゾイのトイレに起居していたシードにはそんな匂いが染みついていたのです。

そしてその頃、シードは外見も悲惨でした。プードルは毛が伸び続け、しかもその毛が強くカールしているので、定期的にトリミングしないとすぐにラスタファーライになってしまいます。というのでシードも一応、トリミングはしてあったのですが、いかにもテキトーな虎刈りでした。また、マズルと尻尾が禿げていました。目の辺りもぼさぼさで表情がよくわかりませんでした。

となると、私らも行っているトリミングサロンに連れていくしかなく、主人も、「連れていってやれ」と言ったのですが、美徴さんは、「無理だと思う」と、言いました。

その理由は、「このように牛糞にまみれたプードルを引き受けてくれるサロンはおそらくないであろう」ということでした。

どうしようか。こんなときに頼りになるのはやはり友達です。美徴さんはミニーさんに連絡を取りました。

ミニーさんはトリマーで、自宅にもトリミング室があります。ミニーさんはO県の山中に遺棄されていたブラックのスタンダードプードル、エルソル君を引き取って育てています。電話をかけて事情を話すと二つ返事で引き受けてくれ、次のミニーさんの休みの日に、ミニーさんの家にみんなで行きました。

私たちがエルソル君と遊んで待っていると、見違えるように綺麗になったシードがトリミング室から出てきました。

ミニーさんのトリミング室には汚れがよく落ちるマイクロバブルという装置があるのですが、これまで洗われたことがないのか、これに入れようと抱き上げたところシードは、「殺される」と絶叫、獲れたてのブリのように暴れて抵抗したので入れられなかったのだそうです。

洗っても洗っても毛と毛の間から乾燥した糞が出てきて大変だった、とミニーさんは言っていました。

そうしてミニーさんのお蔭で一応、プードルらしい姿になったのですが、初めの頃のシードは私などから見ても奇妙な男でした。

いつも無表情、上目遣いで人の顔を窺い、私たちとは話そうとはしませんでした。

これまでろくに御飯を貰っていなかったのか、食べても食べても腹が一杯にならないようで、もらった御飯を吸い込むようにして食べた後、私とキューティーの桶に鼻を突っ込んできて、これを食べようとしました。

まったくなにを考えているか、わかりませんでした。

そして、そんなシードが事件を起こしたのですが、そのことについては、また、ドンコ、ではない、またコンド申し上げます。本日のところはこれにてイバイバ。更級。

シードのこと（五）

八月になりました。私はこれを蜂月と書きたいような気分です。なぜでしょうか。駐車場にアシナガバチが巣を作り、隣の人に駆除してくれと云われたのですが、これを縁起の良いこととして受け止め、できれば駆除したくない、と、ポチがくよくよ気に病んでいるからでしょうか。

違います。

私はこれを鉢月と書きたい気分でもあるのです。或いは、破血月とも書きたいし、更に言えば、歯違通とさえ書きたいような気分なのです。

なぜでしょうか。暑いからです。暑くて気がおかしくなって、八月は八月と書くべし、といったそんな決まり事が自分のなかでワヤクチャになっているからです。

実際の話がこう暑くては、いままで通りに生きていくことなんてできません。私は犬をやめて代議士になろうかな、なんて思うくらいです。キューティーは犬をやめてAKB48のメンバーになると言っています。

ポチもかなり気が違ってきていて、先日は、もっとも暑いと思われる午後二時頃に用もないのに出掛けていき、汗だくになって帰ってきて、美徴さんに、

「こんな時間にどこへ行ってきたの」

と問われて言いました。

「いっやー、ちょいと散歩をしてきたが、よい気分じゃったよ」

「え、暑くなかったの」

「そりゃあ、確かに暑い。暑いがそれを暑いととらまえるからダメなんだよ。ゆったりした気分でお風呂に入っていると思えばいいんだよ。僕は全体、風呂嫌いだが、それでも疲れているときなど、お湯につかると、気持ちがよい、と思うことがある。ましてや、君なんかもそうだけれども、多くの日本の人はきわめて風呂好きでしょ。一方で気持ちいい、と言い、一方で暑くて不愉快、つってるのはおかしいでしょう。感覚的には同じなんですよ。だから僕はお湯につかっている気分でたのしく散歩してきたのじゃよ」

かなりござっています。

まあ、いずれにしろ多かれ少なかれ、みなこの暑さでござっているということです。大渋滞、とわかっていてそのただなかに家族揃って突入していく、なんていうのもござっている証拠でしょう。なんら日差しを遮るもののない海浜で半裸になり、終日、暑さに喘ぐなどという愚行を演じるのもござっているから。

つまり夏とは、日本国中が少々ござる季節で、そんなときに仕事をしたら間違いなく失敗するので、夏休み、というものが設けてあるのです。

なんてござった頭で考えているのですが、日本国中でただひとりシードだけは涼しい顔をしています。ちっともござった様子がなく、ただ淡々としているのです。そして、その涼しい顔でなにを考えているのかがまったく読み取れません。

これは私たち犬の弱点なのですが、内心で考えていることが外から見て丸わかりにわかります。怖いときは尻尾が下がり、腰が抜けたようになって、見る影もありませんし、嬉しいときは嬉しいときで、風が起きるほど尻尾を振って大笑いしてしまいます。痛いときは世にも悲しい声でひゃんひゃん泣いてしまうし、腹が立ったら前後の見境がなくなって眉間に皺を寄せ、牙をむき出して唸ってしまいます。つまり、感情を露にしすぎるのです。

それに比べると猫の人たちはぜんぜん感情を露にしません。無表情にしているので、別になんとも思っていないのだろうと、ついつい匂いを嗅ぎに鼻を近づけると、実は激怒していて、だしぬけに鼻を手ひどく引っかかれ、それこそ、きゃーん、と泣いて逃げ惑う、という不細工なことになってしまいます。なので、猫の人たちが人間に一目置かれ、丁重に扱われているのに比して、私たち犬はなんとなく下に見られているというか、猫の人たちなら絶対にやらせられない、「座り」や「伏せ」をしょっちゅうやらされています。

と言うと、「そんなに嫌ならやらなければいいじゃないか」と言う人がありますが、こっちだってそんなことは先刻承知で、私だって、「猫にはぜんぜんやらせないくせに、僕たち犬だけがなぜやらせられるのだ。不公平じゃないか。失敬な。僕はもう座りはせぬ。伏せもせぬ」と言って横を向いて聴こえない振りをしてやらなかったことが何度もあります。

その結果、どうなるか。結局、おやつをもらえなかったり、散歩に連れていってもらえなかったりして、こっちが損をするのです。なので、嫌々ながらやらざるを得ないのです。損をしてでもやらない、というのなら話は別ですが、なにも、おやつや散歩を諦めてまで頑張る必要はありません。まあ、しょうがない、それくらいのことはさらっとやって、散歩に連れていってもらった方が結句、得、ということにどうしてもなってしまうのです。まあ、主人の場合は、やらなくても向こうが折れてくるので三回に一回は横を向いてやらないんですけどね。

って、私はなにを言っていたんだっけか？　あ、そうそう、犬の場合、感情が露になりやすい、という話をしていたんでした。

そうなんです。犬はそうして感情が露になりやすいのですが、シードの場合、その感情がまったくつかめないのです。いつも、くろーい顔をして、っていうのは黒犬なので当たり前なのですが、くろーい顔に黒目で、チラ、とこっちを見たかと思ったらすぐに目をそらしたり、度胸があるというか、ものに動じるということがなく、感情が安定しているのは結構なのだけれども、その安定の仕方が度を超えていて、異様に安定している、みたいな感じがするのです。

というのは、なにも私だけの意見ではなく、ポチもそして美徴さんまでもが、シードだけはなにを考えているのか、まったくわからない、と常々、言っているのです。

そして、そんな感情の読めないシードが起こしたのが先月に申し上げた事件です。

事件が起きたのは、大晦日に私たちのところにやってきて年が明け、ミニーさんに洗ってもらい、だんだん毛も生え揃い、なんとかプードルらしい外見になってきた頃です。

私たちは隣町のスーパーマーケットの駐車場におりました。バター、ミルク、ホットケーキミックス、鶏レバー、鶏卵、ワイン、オリーブオイル、リング稲、葱、白菜などを買うためです。

こうした日常の買い物は、家庭内で料理を担当する者がこれをするのが合理的です。あ、これとこれを組み合わせたらこういう料理ができるな、とか、これが高いのでこれで代用しよう、などと現場の視点で材料を吟味することができるからです。その原則を私たちに当てはめれば料理をする美徴さんが買い物をするのがよいということになります。

ところが実際には、その美徴さんはクルマで待機していて、料理をしない主人・ポチがメモを片手に買い物に参ります。

当然、なぜそんな不合理なことをするのだ。気が狂っているのか？　っていうか別に二人で買い物に行けばよいではないか？　なぜ一人がクルマで待機しているのだ。激烈に仲が悪いのか？　犬猿の仲なのか？　ということになりますが、そうではなく、二人で買い物に行かないのは、そうすると私たちだけクルマで待機、ということになり、そうすると、私たちの、こゝろ、というものが大変に寂しくなってしまい、私たちの、こゝろ、が傷ついてしまうので、それを防止するために一人がクルマで私たちとともに待機する、という態勢をとっているのです。

というと、「だったら、美徴さんじゃなくてポチが待機すればいいんじゃね？」と思う人が当然出てくるでしょう。しかし、そうもいかぬ事情があるというのはキューティーの問題で、私は別にそれでもよいのですが、美徴さんと離れたら死ぬ、と心得ているキューティーは、美徴さんが買い物に行ってしまうと、極度に、こゝろ、が傷つき、そうするとキューティーの場合、癲癇の発作が起きる可能性があり、そのリスクを避けるために、ものの役に立たぬポチが買い物に行く、と、まあ、こういう訳なのであります。

なので、その日もポチが買い物カンゴをぶる提げて、尻になにか挟まっている、みたいな足取りでいそいそ買い物に出掛けました。

そしていつもであれば、その間、私たちはクルマで待機、静かに黙想したり、或いは、外を通る人に、ワン、と吠えかかり、「いま言ったのが、椀か、湾か、腕か、それがわかるか？　それがおまえにわかるか？」と問答を仕掛けたり、ハアハアいいながらグングン運転席に突入していったりしています。

しかし、この日は、あたりを少々、散歩しよう、ということになりました。

というのは、この後、どこにも寄る予定もなく、ということは私たちはただただクルマに乗っていただけ、ということになりそれじゃあ、可哀想だ、つう話になったからです。

私たちに異論がある訳がありません。大喜びでクルマから降り、美徴さんに連れられてスーパーマーケットの駐車場の奥に向かって歩き始めた、そのときです、どういう加減か、シードのリードが美徴さんの手から離れました。

途端にシードは、トトトトトト、と駆け出しました。

慌てた美徴さんは、シード、と呼びながら小走りでこれを追いかけました。私たちも小走りでついて走りました。そのときポチは、駐車場を斜めに横切ってスーパーマーケットの入り口に向かいつつありましたが、走るシードとこれを追いかける美徴さんに気がつき、買い物カンゴをぶる提げたまま、こっちに向かって走ってきました。

そうこうするうちにシードは、駐車場を出て、脇の民家の脇の道に駆け込みました。民家の周りは畑でした。ポチと美徴さんは、「シード、シード」と呼ばいながらこれを小走りに追いました。二人はその時点では、かつて私やキューティーがそうだったように、ある程度、走ったら納得して、或いは、一人でいるのが不安になって飼い主の元に戻ってくるはず、と思っていたそうです。

ところがシードは振り返ることすらせず走り続け、民家を一周して駐車場に戻ると、こんどは駐車場の入り口の方へ走り出しました。もうこうなると、私たちを曳いたまま追いかけるのは無理です。そこで、美徵さんはクルマのところで待っていることにして、ポチが一人でこれを追いかけました。

しかし、運動嫌いで、二十年以上も走ったことのないポチの走りは見るも無惨なおっさんのヨラヨラ走りで、ミニチュアプードルとはいえ犬であるシードに追いつけるべくもなく、シードとの距離はみるみる開いていきました。

駐車場を出るとそこはクルマの行き交う道路です。私どもならともかく体高の低いシードの姿が運転席から見える訳もなく、道路に走り出たらシードはあっという間にクルマにひかれてしまいます。しかし、なにを考えているのかまったくわからぬシードは、真っ直ぐに道路に向かって走っていき、ついに道路に飛び出ました。

「シード、シード」

呼ばいながら、ますますヨラヨラになって走っていったポチがこれに続いて道路に駆け出し、そして二名の姿が見えなくなりました。

十分ほどして消耗しきった主人となにを考えているのか、あらぬ方を見て尻尾をチコチコ振っているシードが帰ってきました。なんでもシードは駐車場を出て左折、さらに交通量の多い幹線道路に向かって百五十メートルを疾走、ポチは吐きそうになりつつ、また、心臓が破れて死ぬかも、と思いつつ、また、ポケットの小銭を撒き散らしつつ、これを追いかけたそうです。

幹線道路に出たら終わりだ。そして、既にシードは幹線道路に出てしまっているだろう。思いつつ懸命に駆け、幹線道路にたどり着いて限界に達し、ポチが膝から崩れ落ちた、その目と鼻の先、ドーナツ屋の看板の根元にシードはいて頻りに地面の匂いを嗅いでいたそうです。

目の前の幹線道路にトラックや乗用車がビュンビュン通り過ぎていきます。立ち上がることのできないポチは四つん這いのまま這っていき、手を伸ばしてシードのリードを摑み、そのまま暫く動けなかったそうです。

ようやっと立ち上がり、右手にシードのリードを持ち、左手でずきずき痛む心臓を押さえて、さっき全力で駆けた道をノロノロ戻るポチがふと視線を感じて右手を見ると、幹線道路に向かう車線が二百メートル以上の渋滞になっていて、車中の人がみなポチとシードを見ていたそうです。

つまり、これらの人たちは先ほどリードを引きずって走るシードと半泣きでこれを追いかける主人の姿を見ておったということです。

そしてヘロヘロになって戻ってきたポチとシードの姿を見て半分程度の人は、ああよかった、という顔をしており、残りの半分程度の人は、ゲラゲラ、アホ丸出しだ。アホそのものだ、という顔をしておったらしいです。

以上がシードの脱走事件のあらましですが、シード、やはりわからぬ男です。後日、「なんで逃げたの」と私が問うたところ、「いやあ」と言って向こうを向いてしまいました。さらに、「でも、もう逃げないよねぇ」と言うと、「さあな」と言ってニヤニヤしています。かといって、ここの暮らしが気に入らないか、というと、大層、気に入っている様子なのです。

本当になにを考えているかわかりません。

食欲の秋の主人・ポチの理解度の低さ

「あーきかぜーがふーく、みなーとのまちーを、ふねーがでーていくよーおにー」なんてポチが歌っています。

テレビジョンではアナウンサーやキャスターやコメンテーターといった人が、残暑が厳しくて参るね。マイルス・デイビスだね、なんてなことを異口同音に仰っておられまするが、私どものあたりでは風、ことに、朝夕に吹く風がはっきりと冷たくなって参りました。

普通の人間なれば、「うむむん。朝夕に吹く風に秋の気配が感じられるようになりましたのお」なんて言論でいうところなのですが、主人は、すみません、頭脳がちょっとアレなので、つい、歌ったり踊ったりしてしまうのです。

そんなことで秋になりました。

というと、テレビジョンではアナウンサーやキャスターやコメンテーターといった方が、食欲の秋、なんて異口同音におっしゃいますね。

っていうか、私は以前から疑問に思っているのですが、宵になるとポチが決まって観覧するニュース番組というのがありますが、あれはいったいなになのでしょうか。

ニュースというのは私の理解では、ごく最近に起きた出来事を一般に知らしめる・報道する、ということなのですが、見ていると、ニュース番組においてニュースをしている時間は、一時間の番組のなかで十分か十五分に過ぎぬのです。

じゃあ、ニュース以外になにをやっているかというと、「快適・スポスポ倹約術」とか、「楽勝・ウハウハお掃除術」とか、「八百円で超一流シェフの味が堪能できる極悪グルメ」といった、特集、というものをやっているのですが、それはどのように考えてもニュース・報道ではありません。

というのは、肉野菜炒め定食を頼んだら、肉野菜炒めは小皿に少しだけ入っていて、漬物が大皿に盛られていた、ようなもので、「これでは、肉野菜炒め定食、ではなく、漬物定食ではないか」と文句を言いたくなるようなシロモノです。

なかでも、グルメものというか、高級鮪が食べ放題とか幻のシフォンケーキがどうのこうのといった、食べ物に関する特集が放映される頻度はきわめて高く、毎日のように放映されています。

私たちは犬なので人間社会の政治向き経済向きのことにあまり関心はありませんが、「この困難な時代に安閑とそんなことをやっていていいのか。報道機関として」と、言いたくなります。

そして季節が秋となったいま、普段からグルメ特集をやりたくてやりたくて仕方なく、隙あらばグルメ特集をやろうとして虎視眈々と機会をうかがっている彼らのことですから、大喜びで、「食欲の秋っ」と異口同音に絶叫しながら、グルメ特集を制作し、これを放映するのでしょう。

鬱陶しいことです。

なんていうと、「だったら見なきゃいいじゃないか」てなものですが、夕方になるとポチがテレビの電源を投入するので、どうしても目に入ってしまうのです。っていうか、ポチがなぜあんな愚劣なものを毎日見るのか、まったく理解できません。

あれを見ることによってポチはいったいなんの知識や情報を集積しているのでしょうか。

あれを見たからといって、芸能人おすすめのスイーツを食べに出掛けることはありませんし、限定二十食の海鮮丼を食べに行くということもありません。

ではなにを食べているのかというと、この一年くらいは、ほぼ毎日、リングイネを食べています。

あれは去年の今頃でした。

午前十時頃であったと思います。

仕事場のドアーが開いて閉まる音がしたかと思ったら、ポチが無言でリビングに入ってきました。一応、嬉しいので、「アハアハ」と笑いながら近づいて行きましたが、ポチは私には一瞥もくれずキッチンの方に歩いて行くので、どうしたのだろう？と思って顔を見ると、なんだか虚無的な、幽鬼のような顔つきをしていました。

なにをするのだろう。

そう思って見ていると、ポチは冷蔵庫から中くらいのタマネギ一箇を取り出すと、これを繊維にそってコチコチ刻み始めました。刻み終わるとこんだ、オリーブオイルをフライパンに入れ、これにニンニク二欠を入れ、弱火で熱すると同時に、大鍋に水を入れ、これも火にかけました。

リビングにまでニンニクの臭いが充満したと思ったら、ポチは、フライパンに輪切りにした唐辛子を混入したうえで、刻んだタマネギを投入、少量の塩化ナトリウムと胡椒の粉を振り混ぜ、左手でフライパンの柄を持ち、ときおり小刻みに揺さぶるなどして、これを炒め始めました。

そうこうするうちに湯が沸きます。その湯のなかにポチは大量の塩化ナトリウムを混入したうえで、乾燥したリングイネも投入、菜箸でもってこれを完全に水没せしめました。

そのうえで、執拗に炒め続け、クタクタになって飴色に変色せしめたタマネギにアンチョビーとジェノヴェーゼペーストを混入し、これに大鍋の湯も混入してフライパンを揺すぶって、乳化せしめました。

そんなことをしているうちにリングイネが、よい加減に茹で上がり、ポチは笊《ざる》にあけて湯切りをしたうえ、フライパンにリングイネをぶち込み、少量の胡椒の粉を振り混ぜつつ、これを菜箸でこき混ぜ、平皿によそい、オリーブオイルとおろしチーズをふりかけて、食べ始めました。

ポチは餓鬼のようにこれを食らいながら何度も、「うまっ」と叫びました。

爾来一年間、ポチは午前十時になると幽鬼のような表情でキッチンに現れ、無言でタマネギを刻み、リングイネを茹で、これを食し続けているのです。

普通、同じものを三日も続けて食べれば、飽き、というものが生じるはずです。ところがポチはそんな素振りをまるで見せず、無表情に同じものを造り無表情に食べ続けています。

こういう姿を見ていると主人ながら、この人は少々、気がちがっているのではないか、なんて思ってしまいます。

と、そういえば、ポチにはいろんな局面においてこの傾向が見られます。

考えてみれば、さっきのニュース番組もそうです。

その時間になると決まり事のようにテレビジョンの電源を投入し、名ばかりのニュース番組を見ます。見終わると電源を落とします。これも、見たくて見ているのではなく、ある日、たまたまその時間にニュース番組を見た、というのが理由で見ているのではないか、と私は思います。

つまり、ポチには、たまたま行った行為を、本人の意志とは無関係に延々と繰り返す、という癖があるのではないかということです。

店やなんかでもそうです。

たまたま入ったカフェがあるとします。

なんらの特徴もない、平凡なカフェで、ことさら気に入るようなところはなにひとつありません。ところが、主人はいったん入るや、まるで自らに課せられた義務であるかのように、そのカフェに通い詰めるのです。そしてそのカフェで、楽しんだりリラックスしたりしている様子はまったくありません。誰とも話さず幽鬼のような表情でグラスワインやバーボンウイスキーをグイグイ飲むばかりです。店の人も、不気味なおっさん、と思っているに違いありません。

また、同じことを繰り返すと云えば、ふと口をついて出た、まったく無意味な台詞を繰り返し言い続けてやめない、という癖もあります。

美徴さんと今夜の夕食はなににするか、なんて話をしていたのに、突然、「ウズベク族、ウズベク族」などと無関係なことを言いだし、それからはなにを言っても、「それはいわゆるウズベク族だな」とか、「やはり、冬はウズベク族に限る」とか、「私はウズベク族ですよ。失礼な」などと、無闇矢鱈《やたら》とウズベク族を振り回してやめぬのです。

なんてなのが、ポチの繰り返し病で、早いうちにお医者に相談に乗ってもらった方がよいと思うのですが、なんでそんなことになるのかを私なりに考えたのは、ポチは、普通の人に比べて物事を理解する力がきわめて劣っているのではないか、という仮説です。

というのは、例えば平凡なカフェに入った場合、普通の人間であれば、特に考えることもなく、「ああ、これは特に見るべきところのない、なんの特徴もないカフェだな」というのを肌で感じ、もはやそのことについて考えたり観察したりするということはありません。

或いは、食べ物で言うと、満足な人が、午《ひる》にライスカレーを食べ、夜もまたライスカレーを食べないのは、午に食べた時点で、その味や香りを十全に理解・堪能するからです。

ところが、どう不幸に生まれついたものか、ポチにはそれができぬのです。

平凡なカフェに入っても、それがどんなカフェなのか、頭がボンヤリで直感的に理解できない。そこで、ポチはそのカフェに何度も何度も足を運ぶのです。

ただし、それは知的な興味や関心、というものでなければ意識してやっていることでもなく、もっとけだものぢみた本能のようなものだと思われます。

理解する、という明確な目的があるのではなく、ただ、本人も訳がわからぬまま同じ行動を繰り返しているのです。

そんなことでポチは、ものに飽きる、ということができないのです。

もしかしたらポチがいまの仕事を続けているのも、そうして、物事を理解するのに時間がかかり過ぎ、飽きる、ということができないからかも知れません。満足な人間であれば、ああして毎日毎日、ポチポチと文字を書き続ける、なんてことはできないはずです。

まあ、しかし、そんなポチでもいずれは理解して飽きるときがくると思います。なぜなら、そうして毎日のように行き続けた店に、パタッ、と行かなくなるからです。そして、「あんなに毎日のように行っていたのにどうして突然、行かなくなったの?」と尋ねる美徴さんに、「あそこはつまらんところだよ」と言い捨てて膝の曲げ伸ばし運動を行うなどするのです。

そんなことで今日も幽鬼のような顔でリビングに入ってきたポチは、コチコチ、タマネギを刻んでいます。

さて、それを微笑んで見守っている私は、というときわめて飽きっぽい性格で、ごはんも同じようなものが続くと、どうも食べたくありません。

なんて我が儘《まま》を言うのは、市販のドッグフードだけだと栄養が偏る、と言って、毎度、手作りごはんを作ってくれる美徴さんに申し訳ないのですが、どうも、食欲がわかぬのです。

というのは、右の理論で言えば、私自身の頭が極度に良く、食物に対する理解度・堪能度がきわめて高いから、ということになるのですが、良い頭を悪くする訳にもいかず、どうも困ったものです。この頭の良さを一部、主人に分けてあげられればよいのですが、それもできませんし。

ということは、私がまだ理解・堪能していない料理、すなわち、カツ重であるとか、鰻丼であるとか、ペンネアラビアータであるとか、チョコレートケーキであるとか、壺焼きであるとか、壺漬けであるとか、そういったものを私はむしろ食べたく、折りに触れ美徴さんにお願いし、主人にも口うるさく言っているのだけれども、作ってもらえません。

なんでもそういうものを食べると私たち犬は死滅してしまうそうです。

そんなことで、私の食膳に供せられるのは、完全に理解し、堪能し尽くして、もはや飽きてしまった、「身体にいい」ごはんばかりで、まったくもって食欲がなく、「なにが食欲の秋だ」と、嘯《うそぶ》いて、ひょっとこのように踊りたくなってしまいます。

食欲といえば、恐ろしいのはシードの食欲です。どうやら以前いたところでちゃんと食べられていなかったらしく、まるで吸い込むようにごはんを食べます。

そんななので、こちらに参ってからみるみる太り、参った直後は痩せて肋《あばら》が浮いていたのに、ひと月経たぬうちに豆狸のようになってしまい、医師に、「これ以上体重が増えたら死滅する」と言われてしまいました。

美徴さんは適量しか与えていないのに、なぜそんなことになるかというと、やる気なく食べる私の口から、ポロッ、と落ちた食べ物をシードが、タタタタタタ、と走ってきて食べるからです。

というのは半ばは嘘です。口から、ポロッ、と落ちた、というと誤って落としたように聴こえますが、告白すれば実は私はわざと落としていました。

なんでそんなことをするかというと、ガリガリに痩せていたシードがムクムク肥っていくのを見るのが、なんとも愉快で楽しかったからです。

しかし、あからさまにメシを与えているのを美徴さんに見つかると叱られるので、誤って落とした振りをしてシードにメシを与え、ムクムクに肥るのを見て、愉快な気分になっていたのです。

秋。私たちの日常にはいろんなことがあるのです。

ポチの対談・私たちの対談

秋が深まり、山の中腹にある手前どもはもはや炬燵やストーヴの心配をしなければならない季節になりました。もうすぐすると主人・ポチは、灯油を買いに行かなければ……、と思いつめることでしょう。

と言うと、多くの方が、「え？　なんでそんなことでいちいち思いつめるの？」と思うことでしょうが、申し訳ありません。ポチはそんな人間なのです。

おっそろしく暗い、検査したら重篤な病にかかっていることがわかり、余命は三ヵ月、と宣告された、みたいな顔で、明かりもつけない、暗い部屋でひとり思いつめているので、通りがかった美徴さんが、「どうしたの？」と問いかけると、沈黙の後、虚空を見つめ、「植木屋に電話をかけなければならない」と、呻くように言うのです。

と、聞くと、普通の人は、「なんじゃい、そんなことくらい、さらっとせぇや、さらっと」と言いたくなるでしょう。しかし、人間としてのキャパシティー、器量・度量がきわめて狭いポチにとっては、そんなことも、とんでもない重壓となって正字でのしかかってくるようです。どうも気の毒なことです。

その他にも、「車検整備の時期が迫っている」「ガス給湯器が耐用年数を迎え、交換しなければならない」「ガス代と電気代と水道代を支払わなければならない」などの懸案事項が山積みで、主人はマジつらそうです。

そのうえ、どういう訳かポチは今月はとても忙しそうで、普段であれば大抵は家にいて原稿を書いているのですが、今月は、毎日のようにあちこちに出掛け、夜になっても帰ってこず、翌日の午後になってやっと帰ってくるなんてことも屢々《しばしば》です。

どういうことだろうと思ってポチと美徴さんの話に耳を傾けていると、どうやらポチは今月、対談、というのを無闇にやっているようなのです。

昨日もポチは朝、はやーくに出掛けていき、夜中になってからがっくり疲れて帰ってきました。

私たちの住んでいる場所にはそれぞれ名前がついており、その名前のついた場所がたくさん集まって国というものができていて、それを日本の国というらしいのですが、その日本の国のなかに、大阪、という場所があり、ポチはそこへ行って対談をし、そして帰ってきたらしいのです。

大阪はもの凄く遠いそうです。

私が行ったことのある場所は、朝霧高原、という名前の場所で、随分と遠い、と思いましたが、大阪というところはその何倍も遠いというのです。

なんという遠いところに行ったのだろう。そりゃあ、疲れるはずだ。ポチは大阪で小便したのだろうか。と、私は即座に思いました。

しかし、ポチが疲れていたのは遠いからではなく、対談をしたので疲れているのでした。

それが証拠に、そんな遠いところでなくても対談をして帰ってきたポチはがっくり疲れています。

なぜ、ポチは対談をするとそんなに疲れるのでしょうか。

それは、対談の主催者の側の誤解に原因があります。

と申しますのは、ポチはなにも自分から進んで対談をやっているわけではありません。例えば権田原権三という人とポチが対談することになったとします。それは、ある日、ふと、「よっしゃ。明後日あたり、権田原権三氏と対談してこましたろかい」

と思い立って対談をするのではありません。そこには主催者という人があって、権田原権三先生には、「対談相手は主人・ポチでよろしいでしょうか」と伺い、主人には、「権田原先生と対談せぬか」と注文してくるのです。

実はこの時点ですでに様々な誤解が生じているのです。

どういう誤解かというと、勿論、権田原氏は、その対談の内容、例えば、「青山一丁目の文学」の権威です。青山一丁目の文学についてもの凄く詳しい。近所だし。

しかし、ポチはそうではありません。青山一丁目の文学についてなにも知らない。

ところが、主催者はなにをどう誤解したのか、ポチを、権田原氏ほどではないにしても、青山一丁目の文学についてそこそこ詳しい、と誤解して依頼してくるのです。

そこで、ポチは慌てて、「すみません。僕、青山一丁目の文学についてはド素人も同然なんですみません、できません」と謝ります。そらそうでしょう、いくらポチが恥知らずでも、第一人者の権田原先生と話をして無知無学をさらけ出し、多くの人の前で恥をかきたくはありません。

ところが、ここで第二の誤解が生じます。主催者は次のように言います。

「それでいいんですよ」

意外なことを言われてポチはなお驚き惑い、

「な、なんでですか」

と、問います。それに対し主催者は、

「いらっしゃる方は殆どが一般の方です。主人・ポチには、そういった一般の方々の〈目線〉で話をして欲しいのです」

と澄まして言います。次の候補者を考えるのは面倒くさいし、期日も迫っているからです。

これにいたってポチは、「ですかあ、じゃあ」と言ってしまうのですが、多くの人が、え？　断らねぇの？　なんで？　と、思うことでしょう。それにはポチも言い分があります。以下のような言い分です。

もちろん、僕は、「青山一丁目の文学」については素人だ。素人だけれども嫌いなわけじゃない。昔から関心がある。っていうか、こういう仕事をしている以上、いつかは、「青山一丁目の文学」について一通りの知識を身につけておく必要がある、と思いながら、灯油を買いに行ったり、植木屋に電話したりしなければならず、とりまぎれて今日まで放置してしまっているのだ。ならばこの際、主催者側がそれでいい、と言っているのであれば、これはよい機会じゃないのか。なにしろ、第一人者である権田原さんの話を間近で聞ける訳だし、どんな本を読んだらよいのか、などについて教えてもらえる。こんな機会は二度とないに違いない。そしてそのうえ謝礼まで貰えてオ・ト・ク。

なんつうんですが、ここに第三の誤解が生じています。今度はポチの側の誤解です。

というのは、この際、ポチは自分自身を一般の方と同程度の知識・教養の持ち主と思っている、という誤解です。ポチはそう思っていますが、実際はそうではなく、一般の方とは言い条、こうした集まりにいらっしゃる方というのは、主人などよりよほど、「青山一丁目の文学」に詳しいのです。

なので、本番は大変です。

司会者の紹介の後、登壇、着席、内心では死ぬほどびびっているくせに、余裕をかまして仔細らしくマイクの調子を確かめたり、腕時計を外してテーブルの上に置いたり、無意味な紙資料をテーブルの上に置くなどします。それは一〇〇パーセント虚栄心です。

あ、一部の意地悪な書評家の方に申し上げますが、私はポチが美徴さんに対談の様子を語っている・愚痴を言っているのを元に語っているのであって、推測や憶測、或いは、小説家がするような見てきたような嘘を語っているのではありませんよ。ましてや、家にずっといるはずの犬が、そんなことを語るのは構造としておかしい、なんて批判をするのはお門が異なっております。

ということを一言だけ申し添えて先へ進みますれば、そうして仔細らしくした後、最初に話すのは権田原先生です。はっきり言ってその内容は素晴らしいです。「青山一丁目の文学」に対する深い見識、示唆と啓示に充ちた思索の道程、一瞬で会場が先生のお話に引き込まれてしまいます。

主人・ポチも阿呆のように口を開いて話を聞いています。なぜなら基礎的な知識がなく、用語などもわからないため、先生の話を半分も理解できないからで、呆然としてしまっているからです。

そんなポチが吾に返るのは、そうして一通り話し終えた権田原先生が、「さて、そのあたりについてポチさんのお考えを聞かせてください」と言われたときで、そこから先はもうムチャクチャです。

おそらくポチはこんな風に話します。

「ええっ、はい。青山一丁目の文学でございますが、僕はもうかなり以前から青山一丁目の文学の重要性に着目しておりました。というか、青山一丁目の文学を語らずして港区の文学は語れないとまで思っておりました。なぜって当たり前じゃないですか。青山一丁目は、もうはっきり言って港区の中心っていうか、西麻布とかあんなものはもう要らない、っていうのはバブル崩壊後の惨状を見れば明らかで、ああいう坂の思想というのは、いまや時代遅れなんですね。だからいまは、もうはっきり言っていいですか？　本当にいいですか？　じゃあ言いますけど、青山一丁目以外のことは僕はもう見ない／見たくない、っていうのが本音なんですね。そこで、そもそも青山一丁目の文学を僕がどうとらえているか、っていう本質的な議論に移る訳ですが、いまのお話をうかがってつくづく思ったのは、青山一丁目は青山二丁目の隣なのだなあ、ということです。そこにこそ、青山一丁目の文学の本質があるのではないか？　と僕は睨んでいるのかもしれないという可能性を自分自身のなかで疑ってみたいという欲望を隠しきれないのかもしれないと密かに思ってみたりすることも、もしかしたらあるのかもしれません」

最初のうちは、興味深く聞いていた先生は、やがて首を傾げ、最後の方になると無表情になって手元の資料をめくったり、椅子に背中をもたせかけ、膝のところで掌を組んで瞑目したりしています。

最初のうちはメモをとるなどしていた聴衆も、途中からその手も止まり、落胆したような顔で、俯いたり、顔を掻いたりし始めます。

それから後は、権田原先生の講演会も同様で、ポチの発言は、「あ、そうなんですか」「そりゃすごい」「あ、そうなんですか」と相槌に終始、さすがにそれはまずいと思うから、ポチなりに工夫して、時折、「うわっ」と驚いてみせたり、「わははは」と受けてみたり、「そうですよねー、ホント、そうですよねー」と、しみじみしてみたり、と相槌をヴァリエーションしてみせるのですが、それに気づく者はなく、結句、それは観客のいない孤独な演芸、ということになります。

そんな苦労の果てにポチが得るものはというと、デコに大きくおされたバカの烙印と僅かな謝礼で、そんなことでポチはガックリ疲れ、ドロドロになって帰ってくる訳です。

というのは、観客のいる公開の対談の場合ですが、雑誌の対談でも同じような経緯をたどり、また、書評などでも、似た感じになるようです。

つまり一言で言うと、ポチは自らの浅学非才を顧みず、相手の誤解のままに対談や書評を引き受け、恥をかき、追い詰まっているのです。愚かな男です。

そして、今月はそうした対談や書評がまだ何本かあるうえに、灯油を買いに行ったり、植木屋を呼んだりしなければならない訳で、今後、ポチはますます追い詰まっていくことでしょう。

そんなポチが気の毒でならず、少しでも気持ちを明るくしてやろうと思い、変顔を作って噛みかかっていったり、マウントをしたりしてやるのですが、キャパの狭いポチは、「やめろ。スピンク。おまえと遊んでる暇はない」なんついながら、酒を飲んでいます。そんな時間があるのなら、対談や書評に備えて本の一冊でも読んだらいいと思うのですが……。

なんつってるうちに私も対談というのをやってみたくなったのでキューティーに言いました。

「キューティー」

「なに」

「対談しねぇ」

「いいよ。でもテーマは？」

「そうねぇ、秋と文学、ってのはどう？」

「いいねぇ。やろう、やろう。おもしろいおもしろい」

「お。乗り気だねぇ、尻尾上がってるねぇ。じゃあやろう。秋も深まってきたねぇ」

「そうだねぇ、秋と云えば」

「秋と云えば、そりゃ、キューティー、食欲の秋だよ」

「ちげーよ、スピンク。秋と文学ちゅうてまっしゃないか。読書の秋やんか」

「あ、そやそや。なんちゅうても今年は国民読書年ちゅうこっちゃさかいね」

「けったいな年《ねん》やね。いったいなんの年《ねん》やねん」

「なにを、ねんねん、いうてんねん」

「こら、ひつれいをばこきました」

なんて漫才になってしまいました。やはり私どもは主人も含めて対談はやめておいた方がよいようです。

ポチの苦悩の池（一）

十一月になりました。晩秋ということになります。主人・ポチは先日、食事をしていたかと思ったら突然に立ちあがり、「うはは。晩秋・森の石松だあっ」と叫び、そこいらにあった木の棒を持って踊りました。私も美徴さんもそんなことにはなれっこになっているので無視していると心が寂しくなったものとみえ、「うわあ、頭の脇から小さな羽虫がどんどん湧いて湧いて、目ェに入ってくるよ。怖いよ」と叫びながら首と目を押さえて床を転げ回りました。

もちろん、嘘です。相手にされたくてそんなことをやっているのです。しかし、ここで相手になると増長するので、さらに無視をします。したところポチは、床をグルグル回転しながら、

「ロンドン橋が落ちる、落ちる、落ちる。国家に対して国民が落ちていく。目から尻に抜けるのはハムですかハムですか、問い自体が首脳外交の脳味噌汁でっか？ でっけ？ 丁稚？ この一年余り文字がこぼれバジルとなって玉味噌として目にはまっている。この一年余り、あまり、リャマ、リャアリャアリャアリャア」

と、まったく意味不明なことを叫び散らします。しかし、ここで相手になったら、訳のわからないことを喚き散らせば相手になってもらえる、ということを学習するのでさらに無視します。つまり、要求吠え、を認めない、ということで、キューティーが、「ポチっ、だ、大丈夫ですか」と駆け寄りそうになるのもとめます。

したところポチは、何事もなかったかのように立ちあがって席に戻り、真面目くさった、むしろ陰気とも思えるような顔で食事をとりはじめ、当分の間は、右のような無意味な、要求吠え、をしなくなります。

そんな主人の最近の悩み事は庭池のことです。

主人方の庭には池があり、筧《かけい》で水が引いてあります。主人は来客があると、水がチョロチョロ流れる音に吾輩は心が癒されるのだ、などと自慢します。

そして、「水の音を聴きながら心静かに黙想していると、自ずと作品のアイディーアが滾々《こんこん》と、そう、まさに泉のように滾々と、頭脳の奥底から湧き出てくるね」なんてなことを得々と語るのです。

もちろん、それは嘘です。

主人・ポチは、そんなじっくりした男ではありません。

さあ、今日は時間があるし、水の流れる音でも聴きながら、心静かに盃を傾けるとするか、なんつい、庭に面した座敷に支度をし、火鉢に炭火を熾して一杯やり始めます。

最初のうちこそ、神妙な顔をして、うーむ。なかなかによいものだ。などと呟きつつ、酒を飲んでいますが、五分も経つともういけません。

お、なんか曲がってるぞ、と言いながら、せかせかと立ち上がり、壁にかかったカレンダーが曲がっているのを直します。そうして、座って一分も経たぬうちに、「そういえば、炭は順調に燃えているだろうか。ややや。順調に燃えてはいるが、ちょっと燃え過ぎの嫌いがある。ここは一番、調節しややぬとあかぬだろう」などと呟いて、火箸で炭を弄《いじ》くり回します。

そうして調節が終わったのだから、今度こそ、落ち着いて飲むのかと思ったら、「ううむ。実によい感じだ。過ぎ行く時のなかの、このよい感じ感をできればなんらかの形で保存しておきたい。俳句とかができればこのよい感じを句にして保存することができるのだが、残念なことに拙者は俳句ができない。しかし、大丈夫。昔と違っていまは写真機というものがある。写真機を使ってこのよい感じ感を保存しておこう。おお、そうじゃ」と嘯き、仕事場から写真機を持ってきて、まったく意味のない火鉢や盃や畳や障子やシードや私の写真を、中腰になる、腹ン這いになる、うん、と前屈みになるなどして、バシバシ、激写します。そんな無意味なことをしているポチを撮った方がよほどおもしろい写真が撮れる、と思います。

そんな風にしてひとしきり激写して、さすがのポチもはややることがなくなり、今度こそ腰を据えて飲みにかかります。

漸く当初の、心静かに盃を傾ける、というコンセプトに立ち返った。よかった、よかった、と胸を撫で下ろしたかと思うのですが、どうも様子がおかしいというのは、その飲み方です。

私は不調法なので、あくまでも推測ですが、普通、こうした感じで飲む場合、微醺《びくん》というのでしょうか、酔うために飲むのではなく、その味わい・状況のようなものを愉しんで、その愉しみを引き延すべく、少しずつ味わって飲むのではないでしょうか。

しかるに主人の場合、干しては注ぎ、注いでは干して、まるでなにか取り憑かれた人のように性急に飲んで、愉しんでいるというよりは中毒患者が追い詰まっているようにしか見えないのです。

そんな体たらくですから、庭に植えてある植物を愛でる、なんてことは当然ありません。一顧だにせず、一心不乱に飲み続けます。水の音についても一聴だにせず、ひたすらに、グイグイグイグイ、まるでそれが仕事であるかのように飲み続けます。

そして、その結果は、というと、当然の話ですが泥酔・乱酔します。

泥酔・乱酔したポチは、酔ってないときにそれが無駄であると学習したはずの、要求吠え、をまた始めます。

「ここーろ、ふるえーる、ヘアピンカーブ。くさーい森からゴーゴーゴー。ホワイト・ポピーは百貨店、ヤングポピーは喫茶店。臭い森からブライトにはげる。だから、まけーるな、まけーるな、ゴーゴーゴーゴー。マッハ、GoGo。マッハ、GoGo。マッハ、GoGoGo」

と、最近、主人の頭のなかの高揚感がマックスになったときに必ず歌う歌を歌い出します。歌うだけならまだよいのですが、たちの悪いことに、この歌を歌う際、ポチは必ず立ちあがって踊ります。踊りながら歌います。

あるとき、自動車を運転中にこの歌を歌い出し、歌い過ぎてタイヤを縁石にぶつ

け、バーストさせた前科のあるポチは、反省して暫くの間この歌を自粛していたのですが、最近、またボチボチ歌い始めたのです。

そして拍子の悪いことに、なぜかキューティーがこの歌が大好きで、ポチがこの歌を歌い出すと、爆笑しながらポチのところに走っていき、後ろ足で立ちあがってポチと手をつないで踊り出してしまうのです。

見ていて悲しくなるくらいにアホーな姿ですが、要するに主人が、滝の音に耳を傾けながら心静かに盃を傾けることはないということです。

そんなことができる器ではないのです。にもかかわらず、主人が庭池に拘泥するのは、ギターを弾けないのにヴィンテージギターを収集する、からっ下手なくせに無闇に高価なカメラやレンズを買い集める、日本語の読み書きすら覚束ぬのに外国語の本を買う、みたいなことなのでしょう。そうしたことをする人間は割と多いようです。

そんなわけでポチは池に拘泥・執着しているのですが、その池が不調でポチはこれをくよくよ気に病んでいるのです。

まず、ポチは以前から池の底にたまったヘドロをなんとかしないといけないと考えていました。

ヘドロがなぜたまるのかはわかりませんが、恐らくは池に発生する藻や微生物の死骸、落ち葉などが堆積していくのでしょう。そして、ヘドロは毎年、そのかさを増していきます。潔癖性なところのあるポチはそうして庭先に汚泥が堆積しているのを気に病み、ときおり網ですくって棄てるなどしていましたが、ヘドロは池の底一尺もたまっていて、そんなことではとてもおいつくものではなく、これを片づけようと思うなら、いったん池の水を抜き、デッキブラシでこすりつつ清水で洗い流すより他ありません。

ところが、ポチにはそれができませんでした。なぜなら池には真鯉がおり、池の水を抜くと真鯉が死んでしまうからです。ならば、鯉を網ですくっていったんどこかへ移せばよいではないか、というようなものですが、それができないのは、ひとつにはあまりにも鯉の数が多いからで、池には大小取り混ぜて五十尾以上の鯉がおりました。

というと、そんなに鯉がいるってことは主人・ポチはさぞかし鯉好きなのだろうなあ、と普通は思うでしょうが、そういう訳ではありません。

ではどういうことかというと、この鯉はポチが買ってきて池に放したものではなく、ポチがこの家に入ったとき既に池におりました。それをみて、鯉といえども腹が減っては困るだろう、と愚かにも思ったポチは鯉に毎日、餌を与えました。したところ、鯉が爆発的に増えてしまったのです。驚いたポチは餌をやるのをやめましたが、いったん増えた鯉の数が減ることはなかったのです。

また、仮に鯉の数が少なかったとしても、鯉を網ですくうのは不可能です。

なぜかというと、池の鯉は普通の鯉ではなかったからです。

ではなんの鯉なのか。

池の鯉は悪魔の鯉でした。といって、鯉が自分で、「私は悪魔の鯉だよ」と名乗った訳ではありませんが、少なくともポチはそう信じていました。

しかし、それも無理からぬところで、ポチよりずっと以前から庭の池に棲みついている鯉には不思議な貫禄・威圧感がありました。なにしろ大きな奴は一メートル近くありましたし、中くらいのでも五十センチはありました。そんな奴が、大池をゆうゆうと泳ぎ回る姿は、「ポチなんざ、目じゃないよ」と言っているようでした。「あんな奴は俺らからみたらハナクソみたいなもんだよ」と言っているようでもありました。

池の畔に立つと、餌を貰おうと思って鯉が集まってきた、という経験がある人は多いでしょう。しかし、ポチの池の鯉は違います。池の畔にポチが立つと、「あ、アホが来た。うざっ」とでも言っているような態度で向こうへ行ってしまいます。

そのくせ、餌を投げ入れると、大口を開いて大量の水とともにこれを飲み込みます。貪婪《どんらん》、という言葉が実体となってそこにあるような気がします。

この辺りで鯉を飼っている家はみな口を揃えて、「鷺がやってきて鯉をみな食べてしまう」とこぼします。しかし、主人の池の鯉が鷺に食べられたことは一度もありません。悪魔の鯉だからです。

悪魔の鯉は主人・ポチが買ってきて池に放した錦鯉を寄ってたかって食い殺しました。

庭池に蓮の花が咲くところをみたい、と思ったポチが、睡蓮鉢や用土を買ってきて、苗を植え、腰まで猿股姿で池に入って鉢を置いたところ、悪魔の鯉は一日でこれを食ってしまいました。

そんな悪魔の鯉がポチごときにつかまろうはずがありません。

一度、悪魔の鯉をすくおうと試みたことがあります。近所の人でTBSのピーパさんという方がいて、この方に主人が、「鯉が増え過ぎて困っている。たれか持っていってくれないだろうか」と相談したところ、この方が、「ちょうど家の池に鯉が欲しいと思っていたところだ。こんどすくいに参りましょう」と仰り、主人も、「どうぞどうぞ。きっといらっしゃい」と言ったところ数日後、長靴を履き、網を持って、友人の方をともなってやってこられたのです。

じゃあ、ぼちぼちすくいにかかりましょう、ってことになり、池の水を半分ばかり抜いて、主人も手伝ってすくいにかかりました。結果はどうだったでしょうか。

大の大人が三人掛かり、全身びしょ濡れになりながら半日かかって中くらいのが三尾すくえたばかりでした。

TBSのピーパさんは温厚な紳士で主人はものの役に立たぬヘナチョコちゃんですが、ピーパさんの友人という方は、ときに猟銃を携えて山中深く分け入り、猪をしとめることもある、という屈強な方でした。その方がおりながらそんな結果となったということは、とりもなおさず、私たちの家の鯉が猪より強い、実に恐ろしげなる悪魔の鯉ということです。

なので、池の掃除ができない、その原因である鯉もまた、ポチの悩みの種であった訳です。

だってそうでしょう。家の庭に悪魔が住んでいるのですよ。そりゃまあ、番鯉、泥棒除けにはなるかも知れませんが、夜中に襲いかかってくるかも知れないし、お仲間の悪魔やゾンビやジェイソンを集めて宴会でも開かれた日にはたまったものでもなく、また、悪魔ですからご近所の人に危害を加えるかも知れず、そんなことになったらえらいことで、ポチは疾《と》くこの鯉をなんとかせねば、と日頃より思っていたのです。

なんつっていたら、うわっ、大変です。ポチが家の鍵とクルマの鍵をジャラジャラさせています。ということは、わははは、お散歩です。となればシード、キューティーと共同して狂喜乱舞しなければならないので、ちょっとお待ちください。続きはまた後刻にお話し申し上げます。

ポチの苦悩の池（二）

　十二月になりました。シードが私どもに参ってちょうど一年に相成ります。この一年でシードは随分と変わりました。最初の頃は無表情で、上目遣いでチラチラこちらをみるばかりでまともに目も合わせず、私どもが話しかけても、「いやあ……」などと言葉を濁し、けっして心を開きませんでしたが、最近では笑顔もみせるし、「松並木というものは実に美しいものですなあ」などと話すようにもなりました。飢餓体験から脱却できず、常に食いたがり病のようになっているのは変わりませんがそれにしても随分な進歩です。

　シードはこの一年で随分と進歩したのです。

　さて、ポチはどうでしょうか。この一年で少しでも進歩したでしょうか。そう思っ

て見ると、「今月はなあ、年末進行といって、月並みじゃねんだよ。締切がはええんだ。おれっちゃ、いそがしんでぇ、べらぼうめぇ」と、江戸っ子を言って酒を飲んでだらけています。

矛盾してますね。忙しいのだったら酒を飲まないで仕事をすればよいようなものです。そう思っていると、同じように思ったのでしょう、横手から美徴さんが、「だったら酒なんか飲んでいないで仕事をしたらいいじゃない」と、言いました。それに対してポチはなんと返答したでしょうか。

ポチは言いました。

「なにを言うか。悲しみのベラドーナが。僕がのんびり酒を飲んでいるように見えるか」

「見える」

「違う、違う。さっきから僕は大急ぎで飲んでるんだよ。ほら、飲み始めてから三十分しか経っていないのに、もう四合も飲んでいる」

そんなことを言いながらもポチはまた盃を干しました。つまり、飲んではいるが、急いで飲んでいる、というのです。そして、そんな無茶な飲み方をするものですから忽ちにして酔っぱらい、

「ふたりをー、ゆうやみがー、つーつむー、こーのまどべにー」

と、大昔の歌を歌い始めます。

ポチは毎年、十二月になるとこの歌を三回は歌います。

なぜ十二月になるとこの歌を歌うかというと、その歌には、「しあわせだなー……」という言葉で始まる大甘な台詞の部分があって、その部分をこれも大昔、テレビジョンで芸人が、「師走だなー。僕は十二月になるといつも師走なんだ」と言い替えていたのを覚えていて、それを言いたいがために歌い出すのです。

ところが酔っているものですから歌っている途中でそれを忘れ、通常の歌の部分で歌をよして、また酒を注いで、がぶ飲みするなどしています。

どうやらまったく進歩をしておらぬようです。困ったことです。

というのは、まあ仕方ないとして、さて、先日来、ポチが気に病んでいる庭池のヘドロ、悪魔の鯉についてですが、事態はまるで進展していません。というより、むしろ悪化したと言ってよいでしょう。

話を始める前に論点を整理いたしますと、まず、主人は庭池の底にヘドロが堆積しているのを気に病んでいた。しかし、庭池には悪魔の鯉が住み着いているので水を抜いて掃除をすることができないでいる。ということです。

困ったことですね。障害を除去しようとするのだけれども、別の障害があって除去できないという泥沼にポチははまりこんでいるのです。

でも、じゃあそもそもポチはなぜ庭池のヘドロを除去したい、と思ったのでしょうか。ヘドロは底に沈んでいるので水が濁るということはなく、また、臭いがする訳でもありません。ならば放置、または、静観しても問題はないように思われます。

にもかかわらず主人がそのことを気に病むのは、そもそもが潔癖性なところへさして家相や風水にも拘泥しているからです。

といって昔から拘泥していた訳ではありません。

ある日より突然、拘泥するようになったのです。

私はその日のことをよく覚えています。

あのとき主人は普通に仕事をしておりました。例の、小説、というやつを書いておったのです。小説というのには主人公というのがあるのだそうです。小説というのは、この主人公というのを中心に展開していきます。おもしろいことですね。私たちの業界に、忠犬・ハチ公、という人がいましたが、その伝で言うと、主人公、というのは主人・ポチ、という言い方に似ているような気がします。ははは、おもろ。ワン。

るというのは余談ですが、とにかく小説というのにはそうして主人公というのがあ。ポチの小説にも当然あり、そのときのポチの小説の主人公は自宅を新築しようとしている人間の男で、ポチは快調に仕事をしておりました。ところが、その主人公が家相を気にし出す、ところにいたって、はたと進まなくなってしまいました。

なぜなら、ポチには家相や風水に関する知識が皆無だったからです。

そこでポチはインターネットでウェブサイトを閲覧、家相に関する知識を収集し始めました。ちゃんとした文献や資料を読みこむのではなく、ウェブを閲覧して済まそうとするところに主人のテキトーな人間性が現れています。

最初のうちこそポチは、ほっほーん、はっはーん、なんついつつ気楽に閲覧しておりましたが、次第に深刻な顔つきになり、私どもの住まう家の間取り図を紙にフリーハンドで書き出し、抽斗《ひきだし》から方位磁石を取り出して定規で線を引くなどし始めました。

真剣な表情のポチは、線を引いてはウェブを見て、ややや、とか、こ、これは……、と呟いたり、ううむ。と唸ったりしました。

どうやら、ポチ方の家相は、経済の破綻、精神異常、人間関係のトラブル、信頼・信用の失墜、家庭崩壊、重篤な病を得る、といったようなことが非常に起こりやすい凶相なのでした。

死を覚悟して青ざめたポチは、しかし、こういうものは専門家によって見解の分かれるもので、セカンドオピニオンを聴くことがなによりも大事なのだ、と言い、さらにウェブサイトを閲覧したところ、確かに専門家によって意見は違いました。しかし、それはあくまでも細かい意見の相違であって、主人方が凶相である点では概《おお》ね一致をしておりました。

そしてなによりポチを打ちのめしたのは専門家の池についての意見でした。

これに関してはすべての専門家の見解が完全に一致していました。

どの専門家も口を揃えて、池は絶対に造らぬ方がよい、とてつもない災いが起こる、間違いなく、滅亡する、と言うのです。そして、ならば廃池にして埋めるか、というと素人が適当に埋めると恐ろしい祟りがあり、埋めるのであれば専門家が法則・法式に則り、細心の注意を払って埋めなければならない。それでもときどき祟りがある、とも全員が言うのでした。

庭池を偏愛しているポチは悩みました。葛藤しました。埋めたくはない。かといって滅亡もしたくない。かといって専門家に手蔓もない。あったとしてもその費用がない。というかどれくらい費用がかかるのか見当もつかない。というか、それ以外に池を埋め立てる費用がどれくらいかかるのかもわからない。っていうか、鯉がいるから埋め立てられない。なので鯉をなんとかしなければならないが、その方途がない。費用もない。なのでなんとか埋め立てないで滅亡しない方法を探りたいが、専門家によるとそれは皆無らしい。くわあ。ほな、どないせぇ言うねん。

なんてポチは悶絶しておりましたが、さらにウェブを閲覧するうち、ポチは光明を見いだしました。

そうして家相のことを言う専門家とはまた別に、そうしたことは信じるに足らぬ迷信である、と断ずる専門家がワールドワイドウェブのなかに少なからずいたのです。曰く、そんなものははっきり言って迷信であり、伝説の誤解と曲解の盛り合わせ膳であり、矛盾に充ちたインチキ・ペテン、要するに単なる銭儲け、である。というのです。

これを読んだポチは、「ですよねー」と大きな声で言いました。そして、続けて、「やはりね、そんなものにとらわれているような人っていうのは、つまりはバカだっていうことなんだよな。俺はそんなものは信じない。俺は科学的な合理性のなかで生きる」と言って立ちあがると仕事場を出て、廊下をリビングの方へスタスタ歩いていきます。仕事はどうするの？　まだ、途中ですよ、と言いながら後を追うと、ポチはソファーに座って本を読んでいる美徴さんに声を掛けました。

「貴様は家相や風水を信じるか」

「え？　なに？　なんのこと」

「鬼門とか裏鬼門がどうのとか張り欠けがこうのとか、或いは、龍脈がどうした気の流れがこうしたみたいなことを信じるか、と問うているのだ」

「ああ、まあ、そういうこともあるんじゃないの。わかんないけど」

「呵呵呵呵呵呵呵呵呵。って、呵々大笑するよ、僕は。男女同権といって、最近では男女共同参画社会基本法なんてことが言ってあるが、そんなことをいう世の中になったのに女というのは迷信深いものだな。限られた狭い土地でそんなことをいっておったのでは家なんて建てられる訳がないし、よし、建ったとしても方位を気にするあまり、大変使い勝手の悪い、合理的科学的でない家が建ってしまって、そんな家で生活していたら逆にストレスが溜まって病気になっちまうんだよ。わかるか？　おまえにそれがわかるか？　わからぬだろう。それがわからぬのだから風水なんて愚昧なものを頑《かたく》なに信じているのだものな。呵呵呵。まったくもって人類が宇宙に進出する時代に愚劣なことだ。そんな愚劣な奴と話すのは時間の無駄だから、僕、仕事に戻るね。じゃあね」

ポチはそう言い捨てて仕事部屋に戻っていった。

なぜポチは、自分は家相や風水を信じない、ということをわざわざ美徴さんに言いにいったのでしょうか。信じる／信じない、つまり信念の問題なのですから、自分だけでそう思っておればよいのではないでしょうか。

なのにわざわざ言いにいった。宣言しにいった。それは、ポチがやはり家相や風水に拘泥しているからに他なりません。そう、そう言いながらポチは家相や風水の影響から脱却しきれないでいたのです。自分はそんなものは信じない、という自分の心を信じきれないでいたのです。

だからわざわざ人に宣言して強がってみせる。

いじめっ子の前で、「怖いことあるかー。全然、怖ないわ、ぼけー」と言いながら既にして半泣きになっている屁垂れの子供と同様です。

そんな体たらくで家相・風水から自由になれないポチは、敷地内に大量のヘドロが存在すれば一家が滅亡する、と意識の深いところで固く信じているのです。

といってそれはただのポチの思いこみに過ぎず、専門家の意見を聴いた訳ではありません。

専門家に尋ねれば、「いや、それは意外に大丈夫なんですよ」と言うかもしれません。或いは、「それはたいへんに問題なのでこういう処置をしてください」と言うかもしれません。

いずれにしてもポチが、風水に拘泥する以上、風水師の意見を聴くより他ないのです。

しかし、表向きポチは、そんなものは迷信に過ぎない、と見下しているのでそれができず、ただただくよくよ気に病んでストレスを溜めているのです。

そしてその苦しみから逃れるために大酒を飲んで憂さを晴らしているのです。困った男です。

ところが、そんな膠着状態に陥っていた池のヘドロが急転直下、きれいさっぱりなくなりました。ところがそのことがまた別の問題を呼んだのですが、それについてはまた来月あたりに申し上げることにいたしましょう。

ポチの苦悩の池（三）

方々で人間の方たちが明けましておめでとうございます。と言っているので、これをまねびて申し上げます。皆さん、明けましておめでとうございます。旧年中はお世話になりました。本年もよろしくお願い申し上げます。と申し上げるのは私はこれで四回目ですが、なぜそういうことを言うかというとどうやら、正月、というものが来たらしいからです。私たち犬は瞬間を生きているので、時間を線的に考えないのですが、かつてはポチたち人間も、いまとは違った時間を生きていて、だから、正月、を祝う風習がうまれたのだろうけれども、そうした時間を生きなくなったいまもまだポチたちが正月を、来るもの、と捉え強迫的に祝うことを非常におもしろく感じています。

なんて、年頭のご挨拶が馬鹿なくせに偉そうな評論家のようなことになりましたね。すみません。私の意見ではなく、主人・ポチのことを申し上げることにいたしましょう。

ポチが気にしていた庭池のヘドロがきれいさっぱりなくなったというのは昨年に申し上げたところでございます。

なぜなくなったのか。魔法を用いたのか。

違います。魔というものは人間の心に一定程度含まれている苦み成分で、それを抽出して方向性を整えれば魔法も或いは可能かもしれませんが、どちらかというとボンヤリさんな主人にそんなことができるわけがありません。

じゃあどうしたかというと、庭の手入れに来た植木屋の親方に、池の掃除をしたいのだけれども悪魔の鯉がいてままならず、そのことが苦痛で、その苦しみから逃れるために日に三升酒を飲み、賭博、売淫あらゆる悪徳に身を染めて家業・家運が衰退、お宅への支払いもままならないという有様なんですわ、と痴愚を言ったのです。

そういう話をされた場合、例えばポチのごとき、舞文曲筆《ぶぶんきょくひつ》の輩であればなんと申すでしょうか。

推測ですが、魔とはなにか？　悪徳とはなにか？　衰退は本当に避けるべき事態なのか？　むしろ歓迎すべき事態ではないのか？　ところで我が家の相続税対策。

といったなんら実践的でない話に終始するのではないでしょうか。その段、親方は偉かったっす。そんな抽象的なことはいっせつ言いません。

目を閉じ、腕組みをしてポチの発言を聴聞していた親方は、

「よござんす。わっちの知り人に養鯉屋《ようり》がござんす。信用できる男でござんす。その男にそう言ってこの悪魔の鯉を根こそぎ持っていってもらいやしょう」

というきわめて実践的な話をなすったのです。

こういう人こそ信用すべき人で、ポチにそんな相談を持ちかけたところで議論をするばかりで百年経っても池はそのままですが、親方はそのあくる週には養鯉屋の青年を伴ってやって参りました。

私はウッドデッキから彼らが仕事をする様を眺めておりましたが、やはり何事も商売商売ですね、養鯉屋の青年は、人生すべてが養鯉、養鯉以外の一切の事象から目を背け、養鯉のみに沈淪しているという、一昔前の職人とはまた違い、俺は敢えて鯉、という気配の濃厚な、今様の御宅族、鯉御宅といった風情でしたが、そうした青年がみなその分野においてきわめて有能であるという例に洩れず有能で、ポチと近所の人が半日かけてようやっと三尾すくったのを、彼は小一時間で五十尾ぢかくいた鯉をみ

なすくって水槽に入れてしまいました。

御宅族にかかっては悪魔も形無しで、私は思わず、ベリークール、と呟いてしまいました。

こういうことを称してクールジャパンというのでしょう。ローマ法王庁が悪魔の問題で困ったときはこの青年に相談すればよいのではないか、とも思いました。まあ、それが悪魔の鳩だったり、悪魔の水すましだったりした場合、彼は役に立たないでしょうが意見は参考になるでしょう。

つうのはまあよいとして、そうして悪魔も鯉もいなくなり、水を抜いた池を植木屋の親方が数人の徒弟とともにすっかり綺麗にしてくれました。

ゴム引きのサロペットのような衣服を着た親方たちは水を猛烈に流しながら、デッキブラシで池をごんごんにこすって、ぬめりなどをすべて除去してくれたのです。

その様を見ていたポチは興奮し、突如として、タイヤマシ、と叫び、続いて、タイヤマタイヤマタイヤマ、と叫んで、さらに、ゴッセブザクイー、アファシレイジム、イメイチヤモーローン、ハテクヤエイチボン、と奇妙な抑揚で歌い出し、これに反応したキューティー・セバスチャンが立ちあがって踊り出す、という馬鹿げた仕儀と相成りました。

私と美徴さんは呆れ果ててものも言えないでおりましたが、いったいなにをやっているのか訳というものがわからずついに、貴君はなにをやっておるのか？　と問うた美徴さんにポチは、

「これは、Sex Pistolsというグレートブリテン北アイルランド連合王国で活動していたグループの、God Save The Queenという楽曲だよ」

と答え、それが池の掃除となんの関係があるのか、と重ねて問う美徴さんに、

「僕は二十一歳の頃より、この楽曲ほど水をじゃあじゃあ流す際のバックグラウンドミュージックに適した音楽はないと信じて生きてきたんだよ。そのことを実証するためだけに中華料理店に就職しようと思ったことさえあった。しかし、それは実現できなかった。主に僕の根性なしが原因でね。なので、僕は五十歳になる今日までそれを実証する機会がなかった訳だが、いま初めてそれを実証する機会を得て、それを実行している、とこういう訳さ」

と得意気に答えるポチの返事を私も美徴さんもみなまで聞いておりませんでした。あまりにもアホらしかったからです。

しかし、そんなことも意に介さず絶好調であったポチですが、その後、どぶどぶに落ちました。

そんなことをして喜んでいるポチを浮かぬ顔の親方が呼びにきて、南側の法面《のりめん》の下にポチを連れていきました。

というのはどうやら池の排水管が詰まってしまったようなのです。

私どもの宅は斜地に立っており、南側が法面、その下には沢があって、オーバーフローした池の水はそこに流れ込むように設計されています。

それへ向けて大量のヘドロや落ち葉が流れ込んだため、排水管がヤニ煙管のように詰まってしまったのです。

となると水が流れません。水というものは流れておれば清いものですが淀めば濁ります。そして腐敗します。というのが、風水とかそういったことに拘泥しているポチには耐えられなかったようなのです。

邸内に大量の淀んで腐敗した水を抱え込んでいるということは最低・最悪の状態であり、運気は墜落、地面に激突して四分五裂、具体的には衣食に窮して、そのうちには家も失い、寒空の下を当て所なくさまよい、お寺の縁の下、橋の下で眠るようになるのだ。その際、スピンクを抱いて寝たら少しは温かいだろうか。

などと考え、半泣きになっているのです。

アホだと思います。

だってそうでしょう。世の中には、世の中ということはないですね、空気中には腐敗菌というものがあり、なので有機物の死骸は腐るということは犬の私でも知っています。

ということはポチの冷蔵庫には腐敗しつつある牛の死骸や豚の死骸、金目鯛の死骸などが蓄えられているのです。

これは風水的にはどうなのでしょうか。どう考えても水などというあっさりしたものより悪い感じがします。なぜならそれは直接的に、死《し》穢《え》、だからです。

ところがポチはそれはまったく意に介さず、ほっほっほっ、うまそうな寒鰤だ。今晩はこれを肴に土岐に住む友人に贈っていただいた、「千古乃岩」という銘酒を飲むことにいたしましょうかな、なんて狐とパンダの合の子のように口を尖らせて嘯いているのです。

先日、シード君からうかがったのですが、コロンブスの卵、という話があるそうです。

固定的な観念にとらわれて自由な発想ができないところへさして、その固定的な観念を打ち破って、突如として自由な発想ができるようになるという話らしいです。

私はいまのポチに必要なのはその、コロンブスの卵、的な発想であると思いました。

そこで私はポチに、

「君は敷地内に腐敗物があるといって苦しんでいるが、冷蔵庫に禽獣の死骸が蓄えられていることから知られるように、生活ということをしている以上、そこから死穢を完全に排除するのは不可能で、そんなことは観念の遊戯に過ぎぬのではないか。つうか、君自身も間違いなく何十年か以内に穢れた死骸になるわけだし、いまそう言っている私自身はもっと短い、多分、十年もすれば死体になるのは確実なのだけれども、そのときあなたは僕の亡骸《なきがら》を死穢として忌避するのですか」

と教えてあげました。

ところが、そうして情理を尽くして教えてやっているのにもかかわらず、ポチの耳に私の弁論はただただ、ワンワンワンワンワンワン、と吠えているようにしか聴こえないらしく、あろうことか、「スピンク、じゃかましい」などと粗暴な土民語で口ごたえをしてくるといった有り様で、ホント、女子と小人《しょうじん》は養いがたし、です。なんつったら、ポチと一緒にすな、つって美徴さんに叱られるでしょうか。

ということで池の排水が叶わなくなりました。

そこでポチが、専門家である親方と養鯉屋の青年の見解を求めたところ、彼らは池に水を満たしておけば、その水圧によっていずれ詰まりは解消されるであろう、と言い、また、数日後に私たちはまたやってくる。と言って帰っていきました。

　そして数日後、約束通り、養鯉屋の青年がやってきたり、徒弟を連れた親方がやってきたりしましたが、結局、詰まりは解消されませんでした。

　ヘドロの量がえげつなかったからです。

　そして越年、ドブドブに落ちたポチは年越し蕎麦を手繰る箸をバッタと落とすような有り様で、それでも気を取り直して詣でた神社で引いた神籤《みくじ》は大凶だったらしいです。

　がっくり肩を落として戻ってきたポチは、大凶だった、とだけ述べ、多くを語りませんでしたが、おそらくは、
　池の排水ができないため、いろんなことが滞り、人生が破滅する一年なるべし。よくよく要心をするもそんなことは無駄で、絶望と悔恨に明け暮れる一年なり。もはや死ぬるべし。その方がよほど楽としるべし。

　と書いてあったのでしょう。

　そんなことでポチはドブドブに落ち、親方はいずれ抜本的な解決、すなわち、排水管自体を掘り起こして改修する必要があると思料される、と言い残して帰っていきま

したが、その後ポチはさらにえげつのない事態に見舞われたのですが、向うでキューティーがむずかってますのでちょいと遊戯してきます。続はまた今度申し上げることにいたしましょう。

ポチの苦悩の池（四）

こんにちは。スピンクです。っていうか、みなさまのスピンクです。というと、なにを仰っておられるのだ、この白犬は。と思う方がおられることでしょう。しかし、私は根拠のないことを申しているのではありません。実は今月は二月ですが、今月末にこうして私が語ってきたことが、『スピンク日記』なる一巻の書物となって上板される運びになったのです。版元は講談社さんというところらしいです。

ということは私の考えが不特定多数の方に読まれるということで、そうすると、ファン、みたいな方も出てきます。そこで、みなさまのスピンク、と申し上げた訳です。どうもすみません。

そいでサイン会なんかもするようなので、キューティーとシードと主人・ポチを連れて、サインはまあ、筆みたいな下賤なものは私たち犬は持ちませんから、主人に代筆させますが、ま、参りますのでみなさん、ぜひいらしてくださいね。

と言ってひとつだけ残念なのは、著者名が私、スピンクではなく、主人・ポチになっていることとです。まあ、私が脳内で考えていることが本になるにあたって、ポチがある役割を果たしているには違いはありませんが、著者ということはありません。著者はあくまで私であって、ポチは、まあ翻訳者、或いは聞き手、程度の立場です。みなさん、狡猾なポチに騙されないでくださいね。著者は私です。スピンクです。みなさまのスピンクです。世界のスピンクです。ってことはないですね、まあ、それは外国語に翻訳されて後に名乗るようにいたします。そんな訳で、『スピンク日記』をどうぞよろしく。

って、わひゃひゃ、いきなり宣伝みたいになってすびませんね、本題に入りましょう。

というのはそうです、ポチの池苦悩の問題です。

先月、池の排水管が詰まったという話をしましたね。そいで水圧をかけるために水を溜めていた、という話もしました。ところが溜めておいた水が、排水管が詰まっているのにもかかわらず、グングン、減っていくのです。

それを見たポチは慌てました。

なぜか。排水管が詰まっているのに水位が下がるということは、池のどこかから水が洩れているからです。

と聞くと、別に水ぐらい洩ったっていいじゃないか。俺なんか小便を洩らしたことがあるよ、という豪快さんが出てくるかもしれませんが、池にとって水が洩るということは、けっしてあってはならないことらしいです。

どれくらいあってはならないかというと、水の洩る池なんてなものは鼻の悪い犬のようなもので、池と名乗るに値しないらしいのです。

慌てたポチは排水管の様子を見に来た植木屋の親方に、どうも水が洩っているらしい、と相談しました。したところ植木屋の親方は、「えええええええええええっ、水が洩ってるぅ？ Really? いまなら猿股二枚セットが付いてくるぅ？」と大声を上げて驚く。なんてことはしませんでした。

言うのを忘れていましたが、この親方はいかにも昔気質の職人、って感じの風貌で、声も浪花節語りのように渋く、また、昔の男が、ちょっとのことで慌てたり、騒いだりするということはなかったように、急きも慌てもいたしません。斯界《しかい》の大立者のような態度で頷きながら黙って話を聞いています。

こういうのを見ると、男子たるものかくあるべし、と思います。

それに引き比べて主人はどうでしょうか。だめっすわ。ちょっとのことで慌てふためき、泣いたり笑ったり、大騒ぎを演じます。

この間、主人・ポチとクルマで出掛けたときもそうでした。運転しながらポチは持参した炭酸ガス入りの鉱泉水の封を切りました。したところ、ボトルの口から勢いよく泡が噴出、運転席周辺がべしゃべしゃになりました。

といってもただの水です。熱い飲み物をこぼしたのであれば火傷を負うということもありますが、水が襲いかかってくるなどということはありません。

にもかかわらずポチは浅ましいくらいに周章狼狽し、「うわうわうわうわうわっ」などと絶叫し、運転の方がお留守になってクルマがふらつきました。そっちの方がよほど剣呑です。そして、美徴さんにハンドタオルを貰ってそこいらを拭きながら、

「こころ悪い、こころ悪い、股ぐらがべしゃべしゃになってまるで小便をちびったようだ」

と泣き叫ぶのです。困ったことです。

それはまあ仕方のないことですが、とにかくそんなことで、主人の話を黙って聞いていた親方は、よござんす。修理いたしやしょう。と言ってその日は帰っていきまし

た。

一箇月くらいしてから親方が徒弟を連れてやってきました。親方は地面を掘って排水管の詰まった部分を交換し、それから、水をジャアジャア流し、再びデッキブラシで池を掃除しました。

しかる後、親方はコンクリートを捏《こ》ねて、池の底や側面に塗り始めました。作業はいずれも厳冬期に行われ、水を大量に使うということもあって、見ているだけで凍えそうな作業でした。日頃、私たちが散歩に連れていけ、と命じたり、美徴さんが用を言いつけたりすると、僕は仕事で忙しいんだ、などと渋ったり、酒など入っていると気が大きくなるのか、僕の仕事はなあ、大変な仕事なんだぞ。などと途方もないことを言って威張り散らすポチですが、植木屋さんの仕事ぶりをみて恥ずかしくなったのか、暫くの間はそうしたことを言わなくなりました。最近はまた言ってますけどね。

そんなことで植木屋さんがガチガチにコンクリートで固めてくれて、池の水は洩らなくなりました。

これでやっとポチの池苦悩が終わりました。

よかったよかった。どっとはらいドットコム。となるかと言うと、そうはなりませんでした。確かに池からヘドロが除去され、水洩りもなくなり、排水も順調です。そのうえ、親方は巨岩を持ってきて滝も造ってくれました。これには深山をミニチュア化したような趣があります。

素晴らしいことです。

なんと親切な親方でしょうか。

と、ポチが感嘆できればよかったのですが、そうはいきませんでした。なぜなら親方はこれらを親切ではなく仕事としてやっており、となれば当然のごとく、それに対して代銀というものを支払わなければならないからです。

前から何度も申し上げているようにポチは吝嗇です。

と言うと、少し違うのか、吝嗇と言うと、カネに執着心の強い人間のように聴こえますが、主人の場合はそうではなく、カネが欲しい、という気持ちはあまりないようです。

じゃあなにか、と言うと怠惰であると思われます。具体的に言うと仕事をするのが嫌なのです。できうることなら仕事をしないで日がな好きな本を読んだり盆栽の手入れをするなどして過ごしたいのです。

しかし、その日暮らしのポチがそんなことを一週間も続ければ間違いなく干上がってしまいます。そこで嫌々、仕事をする訳ですが、仕事量は最小限に留めたい、と考えています。つまり、小さな政府論です。極力、出費を減らす。そして税金を安くする。なんか違うような気もしますが、とにかく、税収と言うか、より働いてより多くのカネを稼ぐのではなく、出費を減らしてなるたけ働かないようにする、というのがポチの基本政策なのです。

というか、発想の根本がデフレ野郎なのです。

先日、ポチは、忙しい。忙しくてたまらない。と言いながらボンヤリとテレビジョン番組を見ていました。香港の市場の様子を撮影した紀行番組でした。八百屋はん、乾物屋はん、服屋はん、雑穀屋はん、いずれも色とりどりの商品を溢れんばかりに店頭に並べて、むっさ活況を呈しています。

それを見ているポチは、まったくの無表情です。無表情で凝《じっ》と画面を見ています。

この人はいったいなにを考えて見ていたのだろうか。

番組よりもそっちの方がおもしろくなってポチの顔を見ていると、その顔に怖れのような怯えのような驚きのような表情が浮かびました。

なにを見てそんな顔をしているのだ、と思って画面を見ると、画面には魚屋が映っていました。日本の魚屋とは大分と趣が違っていて、豪快です。しかし、怯えたり怖

れたりするようなところはまったくなく、なにをそんなに怖れているのだろう、と訝っているとポチはたれに言うともなく、

「こんな大量の魚を仕入れて、もし売れ残ったらどうするのだ。いったいどういうつもりだろう」

と言いました。

商売というのはなに商売によらず、景気よく派手にやらなければなりません。そのためには先ず商人さん自身が景気よくしなければなりません。売れない心配をするのではなく、売れ過ぎて品切れになったらどうしよう、という心配をしなくてはならないのです。ポチのように初手から売れないときのことを考えていたのでは絶対に儲かりません。

っていうか、もっと根本的なことを言いますと、まったく無関係な香港の魚屋のことをポチが心配すること自体が無意味です。

このポチのネガティヴな性格は年々ひどくなっているように思います。

「牡蠣がおいしい季節になりましたなあ」

「そんなものを食べたら食あたりで即死するよ」

「真新しい新築住宅っていうのはやはりいいね」

「シックハウス症候群って知ってる？」

「こういう古いお寺っていうのはやっぱいいよね。心が安らぐ」

「確かに立派な建物だ。しかし、こういう大建築は名もなき民衆から取り立てた税金で建ててるんだよね。瓦一枚釘一本に民の無限の悲しみと塗炭の苦しみがこもっている。民の泣き声が聴こえてくるようだ。って幻聴？　病院行った方がいいかな。医療費高いよね。俺、がん保険、入ってないんだよ」

　なんて、もうほとんど普通の会話ができなくなっています。

　といったポチですから、後日、途轍もない額の請求書が送られてくるのではないか、と怯えている訳です。

「いっやー、どうかな。若い衆が何人も来てたし、なんだかんだで十日くらいやってたし、ま、どれくらいなんだろうな。見当もつかない。さすがに八百万ということはないだろうが、かといって三万円ということもないだろうし、っていうか、いま銀行の残高はいくらなんだろうか。そういえば最近、記帳もしてないけれども、三万くらいしかないのではないか。いっやー、僕だって毎日、必死になって働いたり紀行番組を見たりしているのだから、まあ、三十万くらいはあると思うよ。ペイオフになっても政府保証あるしね。ただ、まあ、この後、日本国債とかがアジャパーになって、円が紙切れになったら困るけれども、そうなったら元々ない僕なんかは……、笑ってられないよ。三十万円がゼロ円になったらスマイル〇円とか言ってられないですよ。三十万、おっきいよ。つか、まあそれはいいとして、とりあえずの支払いはどうしたらいいんだよ。結句、消費者金融ということになるのか。そうすっと即座に多重債務者となって自己破産するしかないのかもな。はは、それも楽しい五十の春、か。と自嘲気味に言ってみたけれどもなにも解決しない」

なんてブツブツ呟く主人の、その思い詰めたような顔はまるで狂人です。

ポチの苦悩の日々はまだまだ続きそうで、気の毒なので近くに行って、足をペロペロなめてやったら主人はうれしそうに笑いました。そんな毎日がいまのところ続いています。

ポチの引き倒し（一）

三月になって、暖かい日が続いたと思ったら急に寒くなったりして、花冷え、なんてことを口走りつつ、鼻を冷やしている人間も首都圏やまた、その他の地方にも多いようですが、みなさん、お変わりございませんか。

花冷え、というのは、推測するに、桜が咲く季節だからでしょう。海岸沿いに散歩に行くと、早咲き、というらしいですが、あちこちで桜が咲いております。

しかし、こう暖かかったり寒かったりするのは桜にしたら難儀な話でしょうな。いっやー、あったかいなー。そろそろ咲くか。と思って咲いたら急に寒くなり、さむっ、こんな寒いのだったらもう少し待ってから咲けばよかった、なんて後悔します。

しかし、いったん咲いてしまったらもう蕾《つぼみ》には戻れないので、寒いなか咲いて、早く散ってしまうのです。

というのはでも人間もそうかもしれませんね。人間がなんらかの仕事をして世間に認められ、讃えられたり、銭が儲かったりすることを、（才能が）花ひらく、なんて言うようですが、なんとなく暖かいからといって、あんまり早くに花を咲かせてしまうと、その後の寒さに耐えられずに、すぐに散ってしまいます。なので、十分に暖かくなったのを見きわめて、最低でも四月くらいになってから花を咲かせればよいのではないか、と思います。

というと、人間は誰でも自分の意志で花を咲かせることができるように聴こえますが、そんなことはありません。やはり、土壌とか日当り、といった根本的な条件が整い、そのうえで気象条件も整ってはじめて花を咲かせることができるのであって、それらが整わなければ才能が花ひらくことはありません。

主人・ポチなどはそのあたりを理解しておらないようで、ことあるごとに、「もともと、俺は遅咲きの花なんだよ」とか、「なあに、俺ももうひと花咲かせてみるつもりだよ」などと嘯いておりますが、気の毒なことです。

遅咲きも早咲きも、元々、ポチは、痩せた日当りの悪い土地に生えた、みすぼらしい樹木ですし、それに、ポチの人生は暦で言えばもはや十月半ばで、季節的にもう花が咲くことはありません。

植物なれば、それから冬になってまた春がきたら、蕾が出てきますが、動物はそういう訳には参りません。どんどん衰弱していくばかりです。笑います。ははは。ワンワンワン。

といって、日当りの悪い、痩せた土地に育ったら、絶対に花を咲かせることはできないか、というとそんなことはありません。肥料を与え、病気になった部分や害虫を取り除く、適切な剪定《せんてい》をする、といったマメな手入れをすれば立派に花が咲きます。

これを人間で言えば、刻苦勉励、勉強をして己を磨き、身を修めて、徳を積めば、必ずや花ひらきます。

さて、主人はそういうことをやっているでしょうか。まったくいたしておりません、って、つい、国会で答弁する官僚の方のような口調になってしまいましたが、マジ、やってません。

勉学どころか、酒をがぶ飲みして泥酔の挙げ句、踊る。浪花節を唸る。美徴さんに議論を吹きかけて敗亡する。といった愚行を演じて己を曇らせています。

もともと、条件が悪いのに、これでは花など咲く訳がありません。

にもかかわらず、「運は天にあり。牡丹餅は棚にあり」なんて、六代目笑福亭松鶴の口調で嘯いて、物欲しげな顔つきで業界の最底辺をほっつき歩いています。気の毒でホベタを舐めてやりたくなります。

さて。それはポチの人生です。私がいくら頑張ってもどうしようもありません。ポチ自身に頑張ってもらうしかないのです。

で、かく言う私はどうなのか、というと、頑張って己を磨いています。勉学に励んでいます。と申しまするのはワタクシ、少しく以前から、訓練・トレーニングに参っておるのでございます。

もちろん、行くまでは自分がそんなところに行くなんて夢にも思っておりませんでした。

ああいうところに行くのは、ジャーマン・シェパードとかドーベルマンといった、ああいう人たちで、プードルの私はあんなところとは無縁、と考えていたのです。しかし、行くことになったのは、美徴さんが、どうしても行くべき、と主張したからです。

直接のきっかけはいくつかあるのですが、基本的には私たちの散歩中の態度が原因です。

私たちは散歩がきわめて好きです。なので、いつ散歩に行くか、というのは私たち

の最大の関心事です。極度にお腹が空くと鼻が敏感になるように、散歩の気配に敏感になります。リビングルームの床にだらけきった態度で横たわっていても、主人が、さっ、と気を変えるような調子で言って立ち上がるなどすれば、「すわっ、散歩かっ」てなもので慌てて立ち上がります。或いは、玄関の方でする、しゃらっ、という鍵束が鳴る音、服を着替えて二階から下りてきたポチの顔つき、など、ほんの些細な徴候も、これを見逃すことはありません。

ましてや、ポチが壁のリード掛けに手を伸ばしてリードをとるなどすれば、もう大喜びで垂直ジャンプをしたり、部屋の端から端までガウガウ絶叫しながら犬っ走りをしたり、首を左右にグネグネ振り、前足と後足を交互に、ハの字なりに繰り出しながら尻から後退していったり、おもちゃをピーピー吹き鳴らしながら踊り歩いたり、ポチに飛びかかって鼻で顔面を突いて尻餅をつかせたりしてしまいます。

なんでそんなことをするのかというと、嬉しいからです。嬉しいからついふざけたりはしゃいだりしてしまうのです。

どうやら美徴さんは私たちのこうした部分が気に入らぬようなのです。

実際に散歩に出掛けたら出掛けたで、それはまた格別です。いろんな面白い匂いは充満しているし、知り人と会うし、気は焦るのですが、ポチの歩みは、こいつはもしかしたら鈍牛か？　と疑ってしまうほどのろく、前足で地面を掻くように、ときには、後足で立つように、引綱・リードをビンビンに引っ張ってしまいます。

そうすっと、腕が痛いのでしょう、腰も痛いのでしょう、ポチが、「スピンク、引いたらダメッ」と言って怒ります。自分が腕が痛いからといって、そう頭ごなしにダメと言われても困ります。こっちにはこっちの理由がありますからね。なのでますます引っ張ります。ポチは引かれまいと抵抗します。

そんなことを繰り返すうちに私の首は鍛え抜かれ、私の体重は二十七キロですが、首の太さは四十キロ級のシェパードと同じくらいの太さです。

そんなことで、ある人たちは私のことを、首だけシェパード、と呼びます。また、そうして首が太いので、私はきわめて声量が豊かです。私が不意に、おんっ、と鳴くとたいていの人が腰を抜かします。素晴らしいことです。

って、なんの話でしたっけ。そう、私が散歩の際、引綱・リードを引っ張る、という話でしたね。

しかし、私とてもう大人です。大人には大人の付き合いがあり、大人の事情、というものがあります。自分が早く行きたいからといって力任せに引っ張って、我を通していたのでは世間付き合いということができません。たまには主人の顔も立ててあげる。そういう気遣いがやはり大事です。

そこで時折は、引いたらダメッ、というポチの顔を立てて、引かぬようにしてあげます。

しかし、だからといって早く行きたい気持ちがなくなった訳ではありません。先を急ぎたい気持ちが自分のなかで滾《たぎ》り滾って、いまにも噴火しそうです。

そこでそれを解消するために、首を左右にグネグネ振り、前足と後足を交互に、ハの字なりに繰り出しながら、頭を地面スレスレに尻をたっかく上げて道幅をいっぱいに使って右へ寄ったり、左へ寄ったり、いわゆるところの八人歩き、という歩き方をしますが、それすら主人は気に入らぬようなのです。こっちはそっちの顔を立てて妥協案・折衷案としてそういう歩き方をしているのですが、どうもそれがわからないらしいのです。困ったことです。

また、最近は歳をとったのでそんなことはありませんが、若い時分は、向うから犬がやってきたら友達になりたくて突進していく癖がありました。

私はそれでポチを引き倒したことがあります。

一度目は、芝公園、というところに散歩に連れていってもらった帰りで、赤羽橋、という交差点で信号待ちをしていたときのことです。

話は脇にそれますが、私はこの赤羽橋という名前に合点がいきません。というのは、北区という行政区画に赤羽という町があるらしいのですが、そこにある橋を赤羽橋と呼ぶのなら十分に納得できます。しかし、赤羽橋は赤羽とは随分と離れており、なんの関係もありません。なのになぜ、この交差点を赤羽橋と呼ぶのでしょうか。それとも、交差点にかかる橋がなぜか赤い羽のように見え、たれ呼ぶともなく赤羽橋と呼ぶようになったのであって、赤羽との一致は偶然に過ぎないのでしょうか。いいえ、そんなことはありません。なぜなら、その周囲に赤い羽のように見える橋などないからです。っていうか、橋自体がありません。まったくもってふざけたことです。

こんなことは外にいくらもあって、例えば新宿区に歌舞伎町というところがあります。誰が聞いても、伝統芸能であるところの歌舞伎を上演する劇場が建ち並ぶ町だと思います。ところが、歌舞伎町では歌舞伎はやっておらず、中央区の東銀座というところでやっているのです。

こんな人間のデタラメ・欺瞞・欺罔ぶりを耳にするにつけ、私は犬吠埼に行って、バウワウ吠えたいような気持ちになります。

ああ、話が首を左右にグネグネ振り、前足と後足を交互に、ハの字なりに繰り出しながら、あらぬ方角に行ってしまいました。

とにかく私たちは信号待ちをしていたのです。

信号待ちをしているとき、ポチは私に、Stop、と言います。すたあっぷ、と鼻に抜いた外人を真似びたような口調で言うのです。

そうすると私は座りをします。幼少時からの約束事です。

そのときも私は座りをしておりました。したところ、向うから、どこかしら不遜な感じがするおっさんに連れられた三頭のジャックラッセルが歩いて参りました。ジャックラッセルは私の姿を認めるや、極度に興奮し、ぎゃんぎゃん吠えながらこちらに向かって参りました。引綱・リードはビンビンでした。その張力に引き張られ、おっさんは、アハア、ウフンウフン、などと言いながら小走りにこちらに走って参りました。

私は反射的にその方角に向かって全力で駆け出しました。

そのとき主人・ポチは、携帯電話でたれかと話しており、私の方を見ておりませんでした。なので咄嗟に踏ん張ることができず、リードを持ったまま見事に転倒してしまったのです。

眼鏡もケータイも吹っ飛んで、膝と肘から血を流しながら主人は、スピンクー、と怒声を発していました。同じく信号待ちをしていた人たちがゲラゲラ笑っていました。

ジャックラッセルを連れたおっさんも爆笑していました。私は決まりが悪くなって、中途半端に立ち止まったまま口を開いていました。

それが私がポチを引き倒した第一回目です。

次に第二回目のことを話そうと思いますが、私は既に長く話し過ぎました。それについてはまた日を改めてお話しすることにいたしましょう。そのときまでご機嫌よう。ルルル。仏の顔は何度まで？

ポチの引き倒し（二）

桜が咲いて散りました。木蓮も咲き、はや散り始めていますが、まだ咲いています。梅はだいぶ前に散りました。あはは、って感じがします。天気予報の女の人が、五月下旬の陽気、と言っています。ポチは喜んで、アリャリャリャリャリャ、と叫んでいます。春ということなのでしょう。

そんなことで、前の回に続いて私がポチを引き倒した二回目の話をいたしましょう。

あれはいつ頃だったでしょうか。忘れました。神奈川県というところにある鵠沼というところにある、犬の遊び場・ドッグランというところに連れていってもらったときの話です。

そのドッグランは私どもの家から五十キロメートルくらい離れており、ポチは面倒くさがってなかなか連れていかないのですが、私はそこが非常に好きです。

なぜなら、普通のドッグランだと、私たち大型犬は大型犬用のブース、小型犬は小型犬ブース、って具合に区別がしてあるのですが、私はこの区別に反対です。

なぜなら、大型犬と遊ぶのは、それはそれでもちろんおもしろいのですが、小型犬には小型犬のおもしろさ、というものがあります。大型犬とある程度、遊び、それに飽いたら小型犬と遊ぶ。それにも飽いたら、こんだ、中型犬と遊ぶ。それにも飽いたら、あちこちに小便をかけるなどする、といった具合に遊ぶのがよいのです。

けれども大抵のドッグランは大型犬と小型犬ブースを分けてあります。

なぜそんなことをするかというと、大型犬が誤って小型犬を踏み骨が折れたり、大型犬がふざけて小型犬を嚙み、怪我をしたり死んだりする。或いは、もちゃが禁止されていないドッグランで、小型犬用のもちゃを大型犬が飲んでしまう、といった事故を予め防止するためです。

あ、そうだ。言うのを閑却しておりましたが、私は、お、というものを省略する主義です。いま右に、もちゃ、と言いましたが、これはみなが言う、おもちゃ、のことです。

したがって私が言う、座り、というのを一般の犬業界用語で言えば、お座り、です。

お手、というのは最近流行らぬようですが、これは単に、手、です。

お出掛け、というのは、出掛け、です。

おか持ち、というのは、しかし、か持ち、ではありません。なぜならおか持ちは岡持で、お、は接頭語ではないからです。

私はなんの話をしているのでしょうか。まるでわかりません。ええっと、そうでした、そうでした。私はドッグランの話をしていたのでした。まあ、とにかくそんなことで、私は、小型犬と大型犬のアパルトヘイト政策に不満を持っておったのですが、この鵠沼というところにあるドッグランは、万姓が区別・差別されることなく、融和して楽しく遊戯しており、私はいたくここが気に入っているのです。

その気に入ったドッグランで、いろんな型の犬と楽しく遊び、私は別に泊まりがけで遊んでもよかったのですが、二時間ほど遊んだところで主人がぐずりだしたので帰ることにしました。

ドッグランから駐車場に向かう途中にスーパーマーケットがあります。ポチはいつもこのスーパーマーケットで菜《かず》やワインを買って帰ります。

できれば私も一緒に入って、ポチの買物を介助したり、肉の匂いを嗅いで顔を背けたり、人の顔を見たりしたいのですが、犬はスーパーマーケットに入ってはいけないことになっているので、美徴さんと店の外で待っています。

なので、美徴さんは主人・ポチにそう言って必要なものを買ってこさせます。

あのときもそうで、美徴さんはポチに、鳥の卵、ウシの乳、混合の粉などを買ってくるように言い、言われたことを直ちに忘却し、ええっと、なんだったっけ？　と戻ってきたポチは、今度こそ忘れぬように、と、口のなかでボソボソ復唱していました。

そのときポチは手渡されて、私のリードを持っていました。

位置関係を説明いたしますと、ポチはスーパーマーケットの入り口に向かって美徴さんと向かい合って立っていました。私はポチに背を向け、歩道側に向かって立っていました。

したところ、ドッグランの方から、さっきまで楽しく遊んでいた黒いラブラドール君が歩いてきました。

うわー、あいつが来た。

そう思った瞬間、忘れっぽい人間と一緒に生活をしているとこっちまで忘れっぽくなるのでしょうか、私はリードがあることも、そのリードの先にポチがいることも忘れて、脱兎のごとく、というか、脱犬のごとくに駆け出してしまいました。

完全に不意をつかれた恰好になった主人は、ずっさーん、と横倒しになりました。

これにいたって初めて私は、しまった。またやってしまった。と焦りましたが、ここで急に謝るのもなんだか決まりが悪いので、まだ、黒ラブに興味がある振りをして、後脚で立ち、前脚をゆらゆらさせて尻尾を振り、鼻鳴きのようなことをしました。

黒ラブの飼い主さんが、ニヤニヤ笑いながら通り過ぎていきました。

美徴さんは、「スピンクー」と怒声を発しました。

ポチはなぜか横倒しになったまま石の地蔵のような顔をして動きませんでした。

キューティーが、「みんながわらってるー、キューティーもわらってる、ルールルルルルー」と歌いました。

私はそれが、栄螺さん、という映画の唄だと察知しました。

うららかな日曜の午後でありました。

それが私が主人を引き倒した二回目です。

本日は三回目のことも申し上げますよ。あれは正月の四日でした。としのはじめのためしとておわりなきよのめでたさを、なんつって三が日が過ぎ、家で節料理を食べるのに飽いたポチは、突如として伊豆高原に遊びに行こう、と言いました。道中、なんの話もなく、伊豆高原についた私たちは、「おおっ、伊豆高原だ」と言いました。

そこで驚くべきことが起こりました。伊豆高原に来たにもかかわらず、ただただ、道路や風景があるばかりで、おもしろくもなんともないのです。

これにいたって私たちは、伊豆高原にただ来てもおもしろくはない、おもしろくなるためには伊豆高原のなかで、さらにどこかへ行かなければならない、ということを悟りました。

これを称して観光スポットというのです。ポチは昨日、日記に、「スポットにスポッと入りたい」と書いていました。気の毒なことです。

ってていうのは仕方ないとして、兎に角そんなことで、ポチがケータイやカーナビで犬も入ることのできる観光スポットを検索し、私たちはシャボテン公園というところに行くことにしました。

シャボテン公園というのだからシャボテン、すなわち、サボテン・仙人掌という多肉植物が多く生えている砂漠のごとき公園、という印象を抱いて参ったのですが、巨大建造物と森と池と温室と信仰心と欲得心を混ぜ合わせてすし飯にまぶし、海苔で巻いて洋皿に載せたようなところに花が咲き乱れ、多様な猿や駱駝、河馬などがおり、その一部は放し飼いになっているという、不可解な混合マルダシ宇宙崩壊空間でした。

しかしまあ、いろんな匂いがしておもしろかったのです。

中途には、うどんや、ポチの言うところの参道一致、一般の言語で言えばサンドウィッチを売っている売店、土産売り場などもあり、楽しく、犬を連れている人も多く、私は小便をしまくったり、猿に話しかけたりして心の奥底から楽しみました。

そしていつものように、さあ、帰ろう、ということになったときのことです。

私たちは施設の出入り口に向かっておりました。

こうした施設に行ったことのある方はご存知でしょうが、どんなに広い施設であっても出入り口は一ヵ所に集約され、人々は関所のようなその場所を通らないと出入りができません。

なんでそんなことをするかというと、はっきり言いましょう、銭をとるためです。なのいろんなところから出入りできるようにすると銭をとるのに手間がかかります。なの

で、諸人が外に出ようと思ったら、出入り口からもっとも遠いはしっこにおったとしても、出入り口まで戻らないと外に出られない場合がほとんどなのです。

なので、出入り口付近には出る人入る人。多くの人が集まって、また案内の職員などもおり、祭礼のようにごった返しておりました。

もう少しでゲートにたどり着くというところまできたときに事件は起こりました。そこは長い通路のようになっていて、なにをしているのか両側に職員が立っておりました。なにかを販売したり受け付けたりしているのか、多くの人が立ち止まっておりました。

私たちはそのなかを進んでいきました。

その間、ポチは得意そうに鼻をおごめかせていました。なぜかというと、自分でこんなことを言うのは面映いのですが、そうした人々が私の容姿に注目し、これを称賛し、写メを撮る者も多くあったからです。

しかし、称賛され脚光を浴びているのはあくまでも私であって、ポチではありません。にもかかわらずポチは、自分が注目され、称賛されているかのような態度で、得意そうにするのです。愚かなことです。

そんなことでポチは、貧しい身なりの無残なおっさんであるのにもかかわらず、ハワイから帰ってきた芸能人が空港ロビーを歩いているみたいな感じで通路を進んでいました。

そのとき私の鋭敏な犬鼻は紛れもないリスザルの匂いを嗅ぎ付けました。直後、私の鋭敏な犬耳は、左手前方、通路の向こう側の雑木の生い茂るあたりに、カソコソとリスザルが歩くサウンドを聴きました。

そうなるともういけません。

私はまたぞろ脱犬のごとくに駆け出しました。

しかし、もはや三度目です。ポチも以前のように油断してません。後日、美徴さんにポチが語ったところによると、その瞬間、あっ、と思ったそうです。あっ、と思ってリードを握りしめ、脚を踏ん張ったのです。

にもかかわらず、ずっさーん、ポチは、三度、引き倒されました。なぜか。それは、あっ、と思い、それから踏ん張ったからです。あっ、と思うと同時に踏ん張っていれば事故は未然に防止できたのです。ところが、あっ、と思ってから踏ん張ったため、一瞬の遅れが生じ、その一瞬に途轍もない力がかかって、ポチは引き倒されたのです。これは学者による空理空論ではなく、その途轍もない力をかけた私が言っているのですから間違いはありません。まあ、いずれにしても鈍なことです。

そして、この事故がポチにとって不幸だったのは、多くの人々が私たちに注目していたという点です。

得意そうに歩いていたのに突然走り出した犬に引き倒されたいいおっさん、は、満座の笑いもので、こうした際、「お怪我はございませんでしたか」と駆け寄ってくるべき従業員も笑い過ぎてなにもできませんでした。

ジーンズが破れ、掌と膝から血を流しながら、恥のあまり立ちあがることもできず、リードを握りしめたまま、暫くの間、突っ伏したままのポチは、ううっ、ううっ。という、けだものぢみた低い唸り声をあげていました。

私はリスザルの行方を気にかけていました。

このことが画期となり、私はトレーニングに参ることになったのです。ルンレラ。

さて、そのトレーニングの内容について話そうかな、と思うのですが、ポチがもちゃを入れてある籠から毬を取り出しました。

どうやらいまから毬投げをするらしいので、その話はまた今度することにいたしましょう。それまでの間に皆様は台場か徒町か茶の水にでもあすびにいらっしゃったらいかがでしょうか？　と思います。ワワワ。

訓練の賜の物

ガッポ、ガッポ、アリャリャリャ。ウルルルルル。ニッポンの皆様方、お元気ですか。スピンクです。ルルルルルル。と、意味なく歌ってしまうのは主人・ポチの悪影響です。厭なことです。

ルルル、でも庭では躑躅《つつじ》が咲いております。新緑の美しい季節です。私は一年のうちのすべての季節が好きですが、いンまの季節がもっとも好きです。鶯がホーホケキョと鳴いているしね。むっちゃいいす。これを主人は、むっさいいです、と言います。シードは、めっさいいでし、と言います。人それぞれです。

そう。人はそれぞれ自由に生きればよいのです。人間の方では、法律とかいうものがあるそうですが、私どもの方にはそんなむさ苦しいものはありません。

十九世紀の終わり頃にミハイル・バクーニンという人がアナーキーということを唱え、二十世紀の終わり頃にジョニー・ロットンという人が、アナーキー・イン・ザ・UKという歌を歌いましたが、私たちは生来がアナーキーなのです。なのでアナーキーに生きていたのですが、なにぶん、主人を筆頭とする人間ちゃんと一緒に生活をいたしおるものですから、そうアナーキーに振る舞う訳にも参りません、そこでトレーニングなんて無茶を申す主人に同意してトレーニングに参った訳です。もちろんキューティーとシードも一緒です。

　トレーニングは前に申し上げました鵠沼というところで行いました。

　いまのロシア連邦がソビエト社会主義共和国連邦と申しました頃、鉄のカーテン、というものを張り巡らして、徹底的な秘密主義を通しておったらしいですが、その日曜日の朝、私はトレーニングに参る、ということを告知されていませんでした。なので、鵠沼のいつものドッグランに到着したとき、私は楽しい遊びだ、と心から信じ、遊ぶ気満々で、用便をしまくりました。

　普段であれば、私が用便をしたときポチは、あひゃひゃひゃひゃ、と笑い、くだけた態度でこれを適切に処置します。ところがその日は、様子が違って、奇妙に鯱《しゃちほこ》ばり、「あやや。スピンクが用便をしおったぞ。拙者はこれを処置せんければなるめえ」と言って歌舞伎芝居のような恰好をしています。

おかしい。ポチはなにをたくらんでいるのだろうか。

そう思うと自然と首が傾《かし》がりました。

そういえば、道中もポチは様子が違っていました。なんだか青ざめて、学童が予防接種の列に並んでいるような顔をして、ずっと小刻みに震えていました。そのくせ、きわめて希望的な、未来は明るい、明日は絶対に光り輝いている、ふたりの愛は永遠、といった意味内容の歌を歌いやまぬのです。

その呪いのような歌声に私とキューティーは苦しみ悶えました。

シードは素知らぬ顔で眠っていました。

大磯というところにいたったとき、乗用車の、シートとリアガラスの間に柴犬がながながと寝そべっていました。

トレーニングはドッグランの近所の道で始まりました。先生はミウラさんというジーンズ姿の女性でした。

まず最初に、グングンに引いて歩かない、通称・ついて、の練習、というのをしました。どういうことかというと、私が先に立ってグングンリードを引っ張って歩き、引かれまいとしてポチが全力で引き戻す、というのではなくして、ポチの太腿の根際《ねき》に寄り添ってしずしず歩くのです。

ミウラ先生と美徴さんが、ドッグランの出入り口のあたりで、そんな話をしているのを聞いた私は心底呆れ果てました。

そんなことは、わざわざトレーニングなどしなくとも、普通に言ってくれればわかることです。

「スピンク。すまんが、俺の太腿の根際にぴったり寄り添って歩調を合わせてくれぬか」

と目を見て話してくれればよいのです。そしてその後、別にカネを払ってくれとは言いません、気は心、わずかでよいので、カンガルージャーキーでも与えてくれればよいのです。

そうすればこっちだって、「わかった。そうするよ」と言って太腿の根際に寄り添ってしずしず歩きます。心と心。私はそれがアナーキーということだと思います。

あ、そういえば、このカンガルージャーキーについては一言申し上げたいことがあります。

これ、八《や》つなんですけど、むっさ、うまいです。

なので、私は思う様、貪り食べたいのですがもらえません。理由はこれがトレーニング用の八つだからです。ポチと美徴さんはミウラ先生より事前に、トレーニング用の八つは普段、与えずトレーニング専用としてください、と厳命されていたからです。

どういうことかというと、その八つを貰いたい一心で、ついて、をする。その他の命令も聞く。というのです。つまり、報酬が貰えるからやる、ということですね。

これは、理にかなった話らしく、今日日の言い方で言うと、モチベーション、と言うのでしょうか、人間も、他に称賛される、といった報酬があって初めて懸命に働くことができるそうです。関係のない話ですが主人は、このモチベーションというのを、餅兵衛の小便、と言って嘲笑っています。こうした言葉遣いをいくらか憎んでもいるようです。

私が言っている、心と心のアナキズム、というのも大きく言えばそういうことです。しかし、それはカンガルージャーキー、といった卑小なものではありません。犬と人との心の繋がりなのです。物質文明を超越した心の文明なのです。インカ帝国なのです。

だから、カンガルージャーキーやなんかはなんぼう呉れてもトレーニングに支障はありません。ところが、そのあたりの要諦を理解できないポチはカンガルージャーキ

ーを呉れないのです。悲しいことです。そのことを知ったとき私は、がるるるるるるっ、と吠えました。キューティーは、ゲラゲラ、と笑いました。シードはソファーのうえで微睡《まどろ》んでおりました。

さあ、ではやってみましょう。というので、私たちは路上に出ました。最初にミウラ先生が、「まずは、いつものお散歩と同じように歩いてみてください」と言い、ポチが私、美徴さんがキューティーとシードのリードを持ち、歩き始めました。

私は、ははは、と思いました。

ははは。ここが腕の見せどころ。完璧に、ついて、をして歩いて、私にとってそんなものはなんでもないことなんだよ。どうせトレーニングをするならもっと高度なことをやるべき、と彼らに気付かせてあげよう、と思ったのです。

そんなことで歩き始めたのですが、歩き出すなり私は困惑しました。

というのは、ついて、をしようにも、行く先々におもしろそうな匂いが充満しており、一刻も早く嗅ぎたくて嗅ぎたくて仕方ないのです。

もちろん、それを我慢して太腿の根際に寄り添ってしずしず歩くのが、ついて、であることは重々承知しています。

ただ、それはこっちが親切でやってあげていることで、親切には自ずと限界があります。困っている人の荷物を持ってあげる。地下鉄で席を譲ってあげる。道を教えてあげる。これらはみんな親切です。

けれども、自分が米俵三俵を運んでいる最中に人の荷物を持ってあげることができるでしょうか。自分が両足を粉砕骨折しているときに席を譲ることができるでしょうか。自分が外国で道に迷っているときに道を教えることができるでしょうか。できるとしたらそれは親切ではなく、信仰、です。

もちろん、いま私は米俵を運んでいる訳ではないし、骨折もしてないし、道に迷ってもおりません。おもしろそうな匂い、というのは、自分が愉快に過ごしたいという、それこそ、おもしろずくの、理由です。

これは親切と知的好奇心がこの場合、矛盾するということです。親切を通せば知的好奇心が削がれ、知的好奇心を満足させれば親切に振る舞えないのです。

しかし、親切というのは相手が肯定的に受け止めるもので、不義無道ではありません。自分の知的好奇心を満足させることによって相手、この場合はポチですが、が、致命的な被害を受けることはないのです。

あるとすれば、腕の筋肉に対する力、くらいのものですが、職業柄運動不足気味の主人にとってそれはむしろよいことです。

つまり、私がここでリードを思いっきり引っ張ったところでそれは、今日は家にこもって勉強をしようと思っていたのだけれども、やはり飲みに行こうかな、程度のことに過ぎないのです。

ってことで私はいつものようにリードをグングン引っ張って歩き、主人は泣いたり怒ったりしながらこれに従いました。

角を曲がって道の半町ほどいったところで、「じゃあ、いったん止まりましょう」とミウラ先生が言って私たちは止まりました。

「じゃあ、私がリードを持ってみます。ちょっと貸してください」

そう言ってミウラ先生は私のリードを取り、私の目を見て、

「お座り」

と言いました。座り、をしろ、と言っているのです。特にしない理由もないので私は、座り、をしました。したところ先生は、「そう。上手ぅ！」と、高い声、尻上りのアクセントで言いました。

私は、たかが座りをしただけで、なんでこんなに褒められるのかとそのときは訝りましたが、後でわかったところによると、訓練・トレーニングには大きく分けて、ふ

たつの流派があります。

ひとつを服従訓練と言い、ひとつを陽性強化と言います。

ふたつの流派はそのやり方が正反対です。

服従訓練では、飼い主が犬にとって絶対的な存在として君臨することによって犬を自在にコントロールします。具体的には引き綱を力をかけて引き張り首に衝撃を与え、或いは転がし、或いは殴打するなどして、こいつにはなにがあってもかなわない、と思わせる、心を徹底的に挫くことによって命令に従わせる、というやり方です。

実は私はこの服従訓練というのを受けたことがあります。

ちょっと前に私のアナーキーな言動に手を焼いた美徴さんがトレーニングのDVDを買ったのですが、その内容がまさにこの服従訓練で、右に言った首に衝撃を与えるやり方で、DVDには、眼鏡をかけて青ざめた大男がアナーキーな中型犬のリードを持って野原を歩行中、突如として、膝をつき、ぐいと引き綱を下に引き首に衝撃を与え、その瞬間、中型犬が転向する様子が映し出されていました。

主人は家の近所を散歩中にこれを実行しました。

私がアナーキーな感じで自由に匂いを嗅いだり、鳩に突進したり、仲の悪い犬を威嚇したり、と、そんなことをする度に、突如として、膝をつき、ぐいっ、と地面に引き綱を引き下げ、反対の手を宙にたっかく上げ、やや首を曲げて、ニヒルな表情で制止しました。

で、どうだったかというと、私は、ああ、あのDVDのアレをやっているのだな、と思いましたが、転向したいような、気持ちにはなりませんでした。

なぜなら首にまったく力がかかっていなかったからで、そう、気の弱いポチはDVDの人のように本気で私の首に衝撃を与えるということができなかったからです。

脇で美徴さんが、「そんな形だけやってもダメ。ノー」と言ってポチを叱りました。

ポチは悄然として項垂《うなだ》れました。

この話にはまだ続きがありますが、私は別のことをしたくなりました。また、後で話すことにいたしましょう。さようなら。同志諸君。

称賛の奴隷

　みなさんこんにちは。スピンクざます。六月になりまして、入梅ということになりまして、それも平年より一週間も早い梅雨入りということで、私も随分と心配をしておりましたが、はっきりしない天気ながらなんだか雨の降らない日も多く、去年の梅雨時と比べましても、割と散歩にいけており、ま、困ることは困るけれども、思っていたほどではない、って感じでござりまする。

　といってでも今日は朝からずっと雨です。

　天気予報といって、全体で弧をなす、細長かったり四角かったりうんと小さかったりする図形のうえに、クニャクニャにした渦巻きや、奇怪な線、染みのような影、を重ねて描いた図の前に、棒を持った男、または女が、棒で図のあちこちを指し、明日、明後日、或いは一週間後の天候について占う、という一種の公開占いをテレビジョンというところで日に何度も何度もやっています。

ポチはこの占いを非常に気にしており、ことに私たちと旅行に出掛ける際などは何度もこの占いをみていますが、外れることも多く、ポチは、「ああっ、また外れた」などと嘆き苦しみますが、愚ですね。だってそうでしょう、一〇〇パーセント占いが当たるのであれば八卦見《はっけみ》はみな富豪になって困っている人に個人で百億円を寄付するなどしているはずです。

しかし、そんな話は聞いたことがなく、やはり当たったり当たらなかったりするのが占いなのです。

なので私は昨日、占いで、「明日は雨です」と言ってはいたものの、そこは当たるも八卦当たらぬも八卦、必ずしも雨が降る訳ではなく、もし晴れたら主人・ポチにそう言って、広々とした草地のようなところにいき、走り回ったり他犬の匂いを嗅いだりして、ボコボコに遊んでこましたろう、と計画していたのですが、拍子の悪い、こういうときに限って占いは当たり、午前《ひるまえ》になってもまだ降っておるのです。

まあ、そうなったら仕方がない。不貞腐れたように横になり、左の前脚をガジガジ噛み、ときおり、フン、と溜め息をつくなどして、「私は不満足である」ということをポチに知らさなければなりません。

　というと、雨というどうしようもないことをポチに文句を言ったって意味ねぇじゃん、と思えますが違います。こうして絶望している振りをしてポチに圧力を加えておけば、今度晴れたときに、「あ、晴れた。いまのうちに散歩に行っとかないと、またスピンクが拗ねる」とポチは慌てふためき、とるものもとりあえず散歩に出掛けて、貴重な梅雨の晴れ間を無駄にしないで済むのです。

　ってことで、見た目にはすっかり拗ね、絶望しているように見える私ですが、その内心は、けっこう平静です。

　記憶をたどって、話が途中になっている訓練の話をすることもできます。

　思い出して話すのですからこれは追憶です。

　雨の日に出られぬ外を眺めながら追憶する。ちょっといい感じじゃあーりませんか。

　といってでも追憶するのは服従訓練の話です。甘美な記憶ではありません。鈍くさい主人の鈍くささの集まりです。

　先にも申しましたが、服従訓練をするためには飼い主は犬にとって一神教の神のような立場に立たなければなりません。絶対的な帰依を獲得しなければならないのです。

その方法は人によって様々で、服従訓練の是非を問うとすれば、その方法があらゆる意味において有効か無効かという点において問われるべきでしょう。

一神教の根源には恐怖があります。

その方法は人によって様々で、もっぱら身体的な圧迫を用いる人がいるかと思えば、もっぱら精神的な圧迫を用いる人もいる。まあ、多くはそのふたつを組み合わせて使うのでしょうが、その恐怖のブレンド具合は人により様々です。

完全な自己流でこの方式をマスターしていると称する人も屡々みかけます。

しかし、いずれにしてもこの方式の場合、飼い主自らが神となる必要があります。犬がトレーナー・教師に帰依し、トレーナー・教師を絶対神と崇め、服従を誓っても飼い主にとってはなんの意味もありません。

もちろん、ポチは誰に対しても絶対神として君臨できるような人間ではありません。

たとえ相手がヒヨコでもポチが絶対神になどなれるわけがありません。

なにしろ鯉や椋鳥にさえバカにされているような有り様ですからね。私やキューティーやシードがポチを唯一神として崇め、帰依するなんてヒャクパー無理です。

まあ、せいぜい愉快な仲間、本当の気持ちを言えば、私やなんかが陰に日向に教え導かないとどこにフワフワ飛んでいくかわからないような頼りのない、パンのような親爺です。

なのでそうした服従訓練はポチには不可能なのです。

ならば、いまひとつの流派、陽性強化、というのはどうでしょうか。

そも、陽性強化、というのは如何なる流派なのでしょうか。

それは読んで字の如し、陽性、すなわち、私なら私、キューティーならキューティーの善きところを見つけ、それを強化していく、伸ばしていく、という流派です。

具体的に申しますと、前回、ミウラ先生が私に言ったように、私がなにか善いことをしたとします。飼い主はその瞬間をとらまえ、すかさず私を褒めそやします。徹底的に褒めそやします。

褒められた私は当惑しつつも、嬉しい気持ちになります。そらそうでしょう、褒められていい気分にならない訳がありませんからね。

つうのをさらに具体的に弁じますると、例えば、主人が私に、「座り」と命じたとします。言われた通りに私が座りをします。其の瞬間、その場に居合わせた人間がいっせいによってたかって、甲高い、尻上がりのアクセントで、「ジョーズゥ」「イイコー！」と褒めそやし、チヤホヤし、祝福するのです。そのことによって嬉しくなった私は、次に、「座り」と命じられた際、座りをするとまた褒めそやされる、と期待して、がんがん、座り、をするようになる、という訳です。

というと、そんな簡単なものかあ？　という疑問の声が上がるかもしれませんが申し上げます。簡単なものです。

というのは自分を犬より高尚なもの、と考えている人間を見ればわかります。人間というのは可哀想な生き物で仕事をしないと生きていくことができませんが、そうして仕事をするとき、ジョーズゥ。イイコー！　と褒めそやして仕事をするのと、なにさらしとんじゃ、ど阿呆っ。と罵倒して仕事をするのでは随分と効率が違ってくるのです。

これは人間の他に認められたい。他の一部でありたい。他に承認されたい。という根本の部分より参る欲求によるもののようです。

さらにわかりやすい例で言うと、ポチはそうしたところに出掛けていくカネも度胸もないようですが、ものの本によると多くのおっさんがキャバクラというところに行き、多額の支出を致しておるようです。なんのために出掛けていくかというと、若いご婦人に、すごーい、と言われたいがために出掛けていくのです。これも一種の陽性強化で、おっさんは若いご婦人に、すごーい、と言われるのが嬉しくてガンガン、カネを遣うのです。

ときおり主人の許を訪れる編輯者という人たちは陽性強化の達人です。ポチの書いた意味不明・論旨不明の腐れ駄文を、ジョーズゥ！　イイコー！　と褒めそやし、「いやあ、それほどでもないよ」などと脂下《やにさ》がるポチに、次も納期を守ることをきっちり確約させて帰っていきます。

そんなことでかくいう私も、褒められると厭な気にはなりません。というか、一種の中毒なのでしょうか、もっと褒められたい、という気持ちになります。

なのでホステスに言われるが儘に同伴出勤をするおっさんのごとくに、ミウラ先生が、座り、と言われれば座りをし、待て、と言われれば、よしっ、と言われるまで座って待っておりました。

しかし。です。

そんなことを続けるうち、私は次第にやる気を失っていきました。

なぜかというと、もちろん、褒められるのは嬉しいのですが、一点、その褒め方があまりにもワンパターンなのが気になってきたのです。

キャバクラ嬢が、すごーい、と言いながら、その目が死んでいる、ことに気がついたとでも申しましょうか。

また、右に私は中毒と申しましたが、中毒すると耐性というものがついてきます。なまなかな量では決まらなくなる・効き目がなくなってくるのです。

最初は、ジョーズゥ。イイコー！　だけで十分だったのですが、何度も言われているうちに、その詳細を知りたいというか、どこがどういう具合に上手なのか、どうした部分がいい子なのか、そうした部分を詳しく語ったうえで、褒めてもらいたい、という気持ちになってきたのです。

というのは、ははは、ポチと編輯者の攻防にも現れています。

編輯者は忙しいので、「いっやー、とってもおもしろい」とか、「傑作です」程度で主人の陽性強化を終わらせたい。ところがポチは、それで終わらせてほしくはなく、具体的にどこがおもしろかったか、文学史のなかでどのように位置づけられるのか、といったようなことを聞きたがります。

となって困るのは編輯者で、おもしろくもなんともない、もちろん傑作であるはずもない、ポチの作品を具体的に褒めなければならなくなります。

しかし、編集者にも文学的良心というものがあり、嘘は言えません。

苦悶した編集者は、必要は発明の母、とはよく言ったものです、「いっやー、こんな作品、過去に誰も書いたことありませんよ。前代未聞ですよ。空前絶後ですよ」と言ったり、「これは問題作ですよ。この作品が発表されたのは文学的な事件です」と言うなどして、その場を切り抜けます。

つまり、こんなくだらない作品は過去にもないし、これからも現れないだろう。こんなものを出版すること自体が問題。つか社内では既に問題になっている。ということを言っていて、嘘は言っておらない訳です。

それをポチは逆の意味、すなわち、こんな素晴らしい作品はかつてなかったし、これからもない。社会的な事件となり得るほど衝撃的な作品、という意味に受け取って満足してニヤニヤ笑う訳です。

かなり高等な戦術と言えますが、この場合、ひとつだけ注意しなければならない点があります。

それは、冒頭に、でも……、という言葉をつけないことです。

先日もある編輯さんがそれで失敗をしました。

つい、本音が出て、「でも、問題作ですよね」と言ってしまったのです。

これは誰が聞いても、(読むに堪えない駄作ではある)でも、問題作ですよね、ということになり、問題作というのはせめてもの慰め、ということになります。でも、安いよね。でも、早く着いたよね。でも、とりあえず晴れたよね。でも、損はしなかったよね。

主人といえどもさすがにそのニュアンスは理解できます。忽《たちま》ち悄然とし、編輯さんは慌てていろんなことを言ってその場を取り繕いましたが、なにか言えば言うほど気まずい感じになりました。

なんとかしなければ、と思った私は、ワンワン吠えたり、飛んだり、編輯さんの服を嚙んで引っ張ったりしました。

にもかかわらず、親の心子知らず、というのでしょうか。ポチは私をひどいこと叱りました。

って、私なんの話をしていたのでしょうか。トレーニングの話から随分と話が逸れてしまいました。すみませんね。続きはまた日を改めて申すことに致しましょう。

実力の夢

みなさんこんにちは。スピンクでごいす。普通に生きていたら七月上旬になって梅雨明け宣言がなされました。例年であれば下旬にならないと梅雨明け宣言はなされないのですが、今年は上旬で梅雨明け宣言がなされたのですから随分と早いんですね。

この宣言という言葉の、自信に溢れて言い切ってる感じが私は好きです。梅雨明け宣言、があれば、たとえその日、雨が降っていたとしても、いや、それでも梅雨は明けたのだ。この雨は梅雨の雨じゃなく普通の雨なんだよ。と思うことができます。

しかしこれが例えば、梅雨明け提言、だったらどうでしょうか。

「そろそろ梅雨明けということで、みなさんいかがでしょうか」みたいな、きわめて自信なげな、曖昧な感じになって、たとえその日が快晴であっても、「いっやー、どうかなー」みたいな気持ちになってしまいます。

だからなんでもガンガン宣言してしまえばよいのです。言葉は悪いですが言い得の言われ損です。

聞くところによると人間はこれまでいろんな宣言をしてきたそうです。ストックホルム宣言。独立宣言。共産党宣言。ダダ宣言。ポツダム宣言。人間宣言。

関白宣言。

いやあ、実にもう、いろいろです。

なのでみんなもなんでも宣言していけばよいのです。

おやつ宣言。バーベキュー宣言。パチスロ宣言。面倒くさいからこのメールは見なかったことにする宣言。今年の新入社員の某、生意気で殴りたいけどそんなことしたら大事《おおごと》になるので我慢する宣言。

そういう決然とした意志による宣言が社会に満ち溢れることによって、この日本という国はいったいどうなっていくのでしょうか。知りません。私たち犬には関係のないことです。

といってなにか続きの話があったような、なかったような。って、あ、そうでした。トレーニングの話でした。そうそうそう。危うく忘れてしまうところでした。それで、忘れてしまいました宣言をしてしまうところでした。すみませんでした。陽性強化の話でしたよね、続きをお話しいたしましょう。

ええ、そんなことで、よいことをすると、ジョーズゥ。イイコー！　と褒めそやしてよいところを伸ばしていくという陽性強化を、ポチたちは、ポチがそのちょっとアレな性格上、服従訓練ができない、という消極的理由によって採用したのです。なので、日は遡りますが、ポチたちは鵠沼というところでミウラ先生に陽性強化の技法、すなわち、声を掛ける間合いや八《や》つの与え方を習ったのです。

そして、最初のうちはよかったのだけれども、次第に称賛に対する耐性ができて、つまり、慣れっこ、になってしまって私が次第にやる気を失ってしまったというのは先日申し上げたところです。

この点についてもう少し詳しく申し上げますと、つまり最初のうちは、ジョーズゥ。イイコー！　で十分に嬉しいのですが、やっているうちに、言われるのが当たり前になってしまい、さしたる感慨がなくなってしまうのです。

座り。と言われます。言われたので座ります。したところ、甲高い、頭の天辺から出たみたいな声で、ジョーズゥ。イイコー！　と尻上がりのアクセントで言われます。

どうも嬉しいです。尻尾が自然と振れます。また、ジョーズゥ。イイコー！　と言われるかな、と期待して伏せます。したところ、やっぱり、ジョーズゥ。イイコー！　と言ってくれます。嬉しいです。やはり言ってくれた、と思います。ヤッター！　とさえ思います。

しかし、その嬉しい気持ちのなかに、ほんの僅かですが、寂しさ、のようなものが内包されているのに気がつきます。

そして次に、ついて、と言われたとき、その寂しさは一挙に顕在化します。というのは、ついて、と言われたのでつきます。すなわち、言った人の左足のところにひたとつき、その方の歩調に合わせてトットットッと歩く訳です。

そうするうち、これをやったら、ジョーズゥ。イイコー！　と言うのだろうな、この人は。と思います。したところ思った通り、ジョーズゥ。イイコー！　と言い、こっちはなんだかがっかりしてしまいます。

だってそうでしょう、座りをしてもジョーズゥ。イイコー！　伏せをしてもジョーズゥ。イイコー！　ついてをしてもジョーズゥ。イイコー！　結局、なにをやってもジョーズゥ。イイコー！　なので、たまには、ナイショオッ！と言ってみたらどうでしょうか。ナイスボギー！　と言ってみたらどうでしょうか。ストーライクッ、と言ってみたらどうでしょうか。あばらかべっそん、と言ってみたらどうでしょうか。ホキ徳田、と言ってみたらどうでしょうか。

ところがそんなことはまったく言わず、判で押したようにジョーズゥ。イイコー！なのです。

これではキャバクラ嬢の、すごーい、となんら変わるところはありません。

褒められたら嬉しい。これは人も犬も変わりません。同じです。しかし、それがこのように形式化・形骸化されるとなんの意味もありません。

こっちは、これをやったらああ言うんだろうな、向うは、あれをやったらこう言わなきゃな。互いにそう思って、どちらの目も死んでいるのです。倦怠と頽廃のロールケーキです。

百円出したら百円のものが買える。

当たり前のことです。それは単なる商取引であって、心のよき部分が強化されるものではありません。

とまあ、私はそう思うのですが、ポチらはそれに気がつかず、私がなにかする度に、ジョーズゥ。イイコー！　を連発してやめません。

無視するのも気の毒なので、一応、黄金バット程度には口を開いて、弱めに尻尾を振ってあげてますが、そのとき私のなかでなにかが強化されているということはまったくありません。ただ、気を遣っているだけです。

まあ、一応は褒められている訳ですから腹が立つということもないですしね。それくらいは飼い犬としてやってあげないといけないと思っています。

が、しかし、ここにひとつ問題があるというのは、ミウラ先生は女性です。美徴さんも女性です。そしてどうやら、ミウラ先生の生徒の多くは女性らしいのです。私どもも犬もそうですが、ご案内の通り、女性の声は男性の声に比べると随分と高い。その高い女性の声に合わせて、ジョーズゥ。イイコー！　は設定されています。

しかし、主人は男性で声が低く、どう逆立ちしたって同じ調で言うことができません。

それでも無理にやると声が裏返り、浪曲師が癪《しゃく》を起こして苦しんでいるみたいな感じになって、言われてもちっとも嬉しくありません。陽性が強化されません。走っていって前脚を二本ともドーンと突き出しつつ飛びつき、仰向きに転倒したポチのほっぺたをベロベロ舐め、「大丈夫か？　大丈夫か？　気を確かに持て」と言ってやりたいような気分になります。というか、実際にやりました。

そこで、ポチは今度は自分の声で届く範囲で、ジョーズゥ。イイコー！をやったのですが、そうすっと今度は、なにを見てもなにを聞いてもニヤニヤ笑って批判するくせにその実、自分はなんらの見識も持っていないただの皮肉屋が素人の舞踊を見て、「お上手ぅ、パチパチパチ」と言っている、みたいな実にイヤな感じになって、むしろ噛みかかっていきたいような気持ちになりました。

そんなことが続くうちポチは美徴さんに、「ジョーズゥ。イイコー！は声帯の構造上男性には不可能だということがわかった」と語り、二、三日の間、むっつり黙り込んでなにやら考えているようすでしたが、四日目から奇妙なことを始めました。

どういうことかというと、例えば私が室内に設置してあるペットシートに用便をしたとします。そうしたところポチは、私のところにツカツカと歩み寄り、私の両肩をつかんで前後に揺さぶり、私の目を真正面から見据えて、「おまえは実力者だ」と言いました。

意味が分からないので生あくびをしました。私ども犬は意味が分からないことに遭遇したとき生あくびをする癖があります。

二度続けて生あくびをしたとき、脇で縫い物をしていた美徴さんが言いました。

「なにそれ」

「なにそれとはなんだ」

「いま、スピンクにおまえは実力者だって言ったけどそれなに」

問われてポチは、待ってました、という勢いで答えました。

「ああ、これか。はは、よくそこに気がついたな。これはなあ、陽性強化じゃよ」

「はあ？」

「いやね、この問題についてはこれまで誰も指摘したことがなくて、いまのところ僕が世界で初めてこのことに気がついた人間なんじゃないかな、と思うんだけどね、これまでの陽性強化は男性にはできないんだよ」

「なんで」

「なんでって、君、聞いただろう。僕の、上手、いい子。を」

「ああ、あの断末魔みたいな」

「そうそう。断末魔、断末魔。あれじゃあね、犬の陽性は強化されないんですよ。そこで僕は別の言い方で犬を褒めることにしたんだよ」

「それがいまの……」

「そう。おまえは実力者だ、ってやつだよ」

とポチは得意気に答えましたが美徴さんは、あ、そうなんだ。と言ったきりそれ以上なにも言わず自己の縫い物の世界に没入していきました。

それ以来、ポチは私が彼らにとって善行と思われることを為す度、私の両肩をつかんで前後に揺すぶり、「おまえは実力者だ」と言うようになりました。

私はそのことに敢えて異議を唱えることはありませんが、だからといって私の日常の振舞いに特段の変化がある訳ではありません。

そこでポチは、「おまえは実力者だ」に加えて、偉業をなしとげた、というもうひとつの称賛を編み出しました。すなわち、私が用便をすると、「用便をするという偉業をなしとげた」と言って私を称賛する訳です。そしてそのうち、どういう訳かこれが日常の全領域に及び、「歩行をするという偉業をなしとげた」「牛乳を飲むという偉業をなしとげた」「尻をたっかく上げて、ウーン、と伸びをしてそのままヘチャッと腹這いになるという偉業をなしとげた」なんてことになってしまいました。

なぜこうなったかを推察するにどうやらポチは、その本来の目的を忘れ、偉業をなしとげた、という語感を気に入り、偉業をなしとげた、と発音することそれ自体に喜びを見いだすようになってしまったのだと思われます。また、「おまえは実力者だ」も気に入っているようで、これも頻《しき》りに口にします。

つまりそれがポチのなかで、歌、のようなものになってしまったという訳です。ははははは、です。

そんなことで私は毎日毎日、偉業をなしとげています。日常的に偉業をなしとげているのです。困ったことですが仕方ありません。

訓練のことは夢のまた夢であるようです。ポチにとっても私にとっても。

ポチ、酒を断つ

おはようございます。スピンクです。みなさんはいまは何月ですか。私はいまは八月です。暑いです。そして厚いです。居間にはチャーハンを厚く敷き詰めたいですね。なんてクレージーなことを云うのは暑さで脳が溶融したからではなく、主人・ポチのクレージーな感じが一時的に伝染したからです。

そう。主人・ポチの様子が先週あたりからおかしいのです。

先日もそうでした。

深夜に廊下の方で、バタン、バタン、という異様な物音がするので、まだ起きていた美徴さんが居間から廊下に出てみると、二階で眠っていたはずのポチが全裸で廊下に立っていて、クローゼットのドアを開けたり閉めたりし、また、廊下や玄関の照明を付けたり消したりしているのです。

不審に思った美徴さんは、「なにしてるの」と糾しましたが、ポチは澄ましたような、気取ったような声で、「別に」と云って、なおもクローゼットのドアを開《あ》け閉《た》てし、照明を付けたり消したりし続けるので美徴さんは、相手にならぬのが得策、と判断して居間に戻ってきました。

翌朝、ポチはそのことをまったく覚えておりませんでした。

まあ、以前から歌を歌い続けてやめず、歌い過ぎてクルマを石垣にぶつける、なんてことがあり、そういう傾向にはある主人でしたが、このところその頻度が過ぎています。

黙りこくっていたかと思ったら、突然、歌い出す。踊り出す。ひとつの言葉を取り憑かれたように云い続ける。突然、テーブルの上に飛び乗ってじっと立っていたり、「鋼鉄のゴン、鋼鉄のゴン」と泣き叫び乍《なが》ら文芸書で自分の頭を殴るなどしています。

やたらにチャーハン、チャーハン、と云い、美徴さんに、「おい。チャーハンを作ってやろうか」などと云います。かとおもえばヤキソバに拘泥し、朝昼晩とヤキソバを食べ続けています。

なんでそんなことになったのか。

特に思い当たる節はないのですが、ひとつだけ心当たりがあるのは、ポチが毎晩、浴びるように飲んでいたお酒です。

というと多くの方が、「あ、なるほど。酒を飲んで酔っぱらって錯乱しているのだな。おそろしいことだ」と思うでしょうが、実はまったく逆で、このところポチはまったく酒を飲んでいないのです。

これまでは宵から飲んでました。

ところがいまは違います。

宵になるとさっさとヤキソバを作って食べています。そして、チャーハンのくるぶしはどこだろう？　とか、マンゴーキチガペーノ、ワン。とか、云って回転したり、ブルブル震えたりしています。

酒を飲んでおかしくなるならわかりますが、飲まないでおかしくなるというのはおかしいのではないでしょうか。

といって、じゃあ、酒を飲んでいたときのポチがおかしくなかったか、というとそんなことはなくて、それはそれで充分におかしかったというのは、おかしな話ですね。

なんて云ってますが少し悪いな、と思うのはポチの禁酒に私も少しばかり関係しているからです。

というのはなにかと申しますと、私の日々の散歩です。

私は毎日、散歩に参ります。もちろん、自分一人で行って帰ってきてもよいのですが、ポチは私が一人で出掛けると死ぬ、と頑に信じており、どうしても一緒に行く、と云うので一緒に行くことにしています。

で、これまではというと、午後二時過ぎ頃に散歩に参っておりました。そうして四時頃には戻ってポチは大岡越前を見ながら酒を飲み始めておりました。

ところが、八月に入ってからこっち、猛暑日といって、気温が摂氏で申しまして三十五度を超える、なんて馬鹿げた暑さで、二時とか三時に表を出歩くのは自殺行為、というか、実際に熱中症で死ぬ犬が続出しているということになり、散歩に出掛けるのは午後六時ということになりました。

さあ、困ったのはポチです。

前世が犬であったポチにとって、日々の習慣を変えることは容易ではありません。決まった時間に起き、決まった時間に食べ、決まった時間に眠る。これがなによりも優先されます。

実はポチのその性分が原因で先月、主人と美徴さんは、離婚、ということをしそうになりました。離婚というのは、結婚ということをしている二人の人が、その結婚している状態を解消することをさすのですが、それは人間にとってなかなか大変なことらしいです。

暑くなってきてキューティーが体調を崩したのがきっかけでした。キューティーは食欲が減退し、また、お腹の具合が悪くなったのです。そこで、美徴さんが昼前、仕事を終えて幽鬼のような表情で居間に入ってきた主人に、

「キューティーの様子がおかしいから病院に連れていって」

と云いました。家のなかで運転術を知っているのは主人・ポチだけですからね。なので云われたポチは当然のごとくに答えました。

「そりゃあ、いかん。じゃあ、すぐ病院へ行こう。いま、クルマを回してくる」

「ダメ」

「なぜダメなんだ」

「もう午前中の診療時間は終わってしまった」

「ええいっ。鈍な病院だな。じゃあ、午後一番に行こう。午後の診療は何時からなんだ」

「四時から」

「なに？　四時だと？」

「そう」

「そりゃあ、そりゃあダメだ」

「なんで」

「僕は四時から大岡越前を見ながらお酒を飲まなければならない」

これは普通に考えればポチに分のない話です。もちろんポチにも、大岡越前を見ながら酒を飲むのとキューティーの病院のどちらを優先すべきかは、考えれば理解できます。

しかし、逆から云うと、そんな見境もつかなくなるくらいに、そのことになると急に頭がぼやぼやして、普通に考えることができなくなるくらい、ポチにとって毎日決まりきったことをやるというのが、それをしないことなど想像もつかない、というくらい当たり前のことと成り果てているのです。

また、その際、ポチが大岡越前を非常に楽しみにしているか、というと、脇で見ていて思うのですが、まったくそんなことはありません。おもしろそうに見ているときもありますが、大抵はあくびを嚙み殺したり、傍らの雑誌を手に取ってちらちら眺めるなどしながら大儀そうに、ときには辛そうにこれを見ています。

ならば見るのをよせばよいのですが、日々の習慣を変えることができないポチにはそれができないのです。

しかしそれは犬の私だからわかることで、一般の人間に理解できることではなく美徴さんは、「キューティーの病院より自分の大岡越前が大事と云うような薄情な人間とは一秒だって一緒に居られない」と云って怒り、驚愕したポチは大岡越前とお酒をよして病院に行き、戻ってきて午後六時に、江戸を斬る、を見ながらお酒を飲んだのでした。

キューティーの病状はたいしたことがなく、ポチも江戸を斬るを見ながら酒を飲めたのだからまあよかったじゃない。

というのはしかし一般の意見でポチは、快々《おうおう》として楽しまず、「いっやー、西郷輝彦という人は悪い人ではないのだろうが私はどうも……」なんつって、終始浮かぬ顔でした。

そんなことで、そんな主人にとって午後六時の散歩というのはやはりあり得ないことで、主人は午後二時頃になるとそわそわし始め、美徴さんに、「さあ、今日あたりはどうだろう、そろそろスピンクたちの散歩に行ったらどうだろうか」と云います。

しかし、かかる時間に散歩に出掛けるというのは云ったように自殺行為で、無理、の一言、取りつく島もありません。

ならば、四時に大岡越前を見て、酒を飲んで、それから散歩に出ればよいではないか、というようなものですが、私たちがいつも散歩するビーチにはクルマで行かなければなりません。そして、さっき云ったように、家のなかで運転術を知っているのはポチひとりなのです。

なのでポチは散歩が終わるまでいつものように酒を飲めぬのです。

苦しんだ挙げ句、ポチは私たちに向かって、「そっちがそんな無茶を云うのだったらこっちにも考えがある」と云いました。

そっちというのがいったい誰のことを指しているのか、まったくわかりません。

そう云った挙げ句、「考えってなに？」と問う美徴さんに、「そんなんだったら僕はもうお酒を飲まない」と、云ったのでした。

別に誰も飲んでほしい、と頼んでいないので、「別にいいんじゃないですか」と美徴さんが云うと、ポチは、「よし。じゃあ、やめてやる」と云い、その日から酒を飲まなくなってしまったのです。

何日間かはむっつりと黙り込んでいました。

ことに夕方になると、それが甚だしく、元来が騒々しい男で、話しかけられなくとも、油紙に火がついたように、ペラペラペラペラペラとまくしたてていたのが、美徴さんが話しかけても、うん、とか、ああ、とか生返事をするばかりで、陰気に黙りこくって口をきかぬのです。

気の毒なので、私とキューティーとシードで、かわるがわるに口を舐めにいったり、体当たりをしたり、至近距離でオンオン吠えかかるなどしてあげましたが、ひょっとこのように口を窄《すぼ》めて、弱気な目をするばかりで、ちっとも元気になりません。

そのうち、どこかから、『雇用・利子および貨幣の一般理論』『現代金融システムの構造と動態』『誰でもできるふしぎな手品と種あかし』といった普段は絶対に読まぬような本を買ってきて、どこまで理解しているのかわかりませんが、深更《しんこう》にいたるまで読み耽り、ときおり、ううむ。とか、あやや。といったうめき声を上げていました。

そんなことが何日か続き、ついに冒頭に申し上げたような状態にいたったのです。

もちろんポチのことですから、単にふざけているだけかもしれません。

散歩中、すなわち人前では普通に振る舞っているので、おそらくはそうなのでしょうが、家のなかでコミュニケーションがとれないのは困ります。

よく犬の飼育法の本に、常に飼い主とコミュニケーションがとれるように躾けましょう、などと書いてありますが飼い主がこんなことではこっちもコミュニケーションのとりようがありません。

困ったことですが、キューティーは、「まあ、涼しくなればなおるんじゃね」と楽観的なことを云ってます。ははは、だといいんですがね。

そんなポチがふとした経緯からバーベキュー大会を主催することになりました。

大丈夫なのでしょうか。

私はいまから心配でなりません。

東海連合と東海麦酒祭

みなさんこんにちは。お元気ですか。スピンクです。私はいつものようにキューティーとシードと美徴さんと主人・ポチと一緒に生きています。

そうすると九月になりました。九月になると困ることがひとつあります。私たちの住んでいるところには日本というものがあります。え、違うか。私たちが住んでいるところを日本というのか。いえ、でも私たちが住んでいるところは日本というところではなく、また、別の名前です。

でもそこは日本なのです。

というのは例えば私たちが住んでいるところを一頭の犬だとすれば日本は何頭かの犬の群れです。つまり多くの、ところ、が集まって日本という、群れ、を構成していると理解すればよろしいのです。

なーんて話が脇道へ逸れました。私は散歩をしていても、ちょっとおもしろい匂いがあると、すぐそっちの方へ行ってしまいますが、こうして話をする場合にもそんな傾向があるようですね。ごめんなさいね。九月になると困ることに話を戻します。

困るのは台風です。九月になると台風というものがやってくるのです。というと、あ、なるほど。それで大水が出たり、風で屋根が吹き飛ばされたりして、困るんだね。そりゃそうだね。そりゃ、僕も困る、とクイック合点をする人がありそうですが、そうではありません。

そうなったら私たちだけでなく人間だって困るでしょうし、それに台風が日本という群れにやってきたら必ずそうなるわけではありません。

いまも云ったように群れの、遠くの方に居る別の犬のところへ行けばそこまでの被害はありません。そうなるのは所謂ところの、直撃、を食らった、或いは、隣の犬、隣の隣の犬が直撃を食らったとか、そんな場合です。

しかし、私たちは台風がそこまで近くにこず、ただ、日本という群れに近づいただけで、けっこう困るのです。

なにが困るかというと、はっきり申上げましょう、台風が近づくとキューティーの具合が悪くなるのです。キューティーはなぜか気圧の変化に極度に敏感です。なので台風がはるか南の海上にできた時点でもうなんとなく厭な感じです。

そこでキューティーの心を盛り下げないようにみんなでわざと明るく振る舞うなどして励まします。

しかしそれとて限界があります。

台風が日本に近づくにつれ、キューティーは目に見えて様子がおかしくなります。目が虚ろになり、しょんぼりと尾を垂らして黙りこくっています。御飯を食べなくなり、話しかけても返事をしなくなります。そのうち、うっ、うっ。と云い始め、ひどいときには痙攣発作を起こします。

そうなると大変なので台風が日本の近くにあるときは私たちはけっして油断しません。油断しているのはポチだけです。

と云って思い出しました。こないだうち私はポチが、トチ狂ってバーベキュー大会を主催することになった話をしていたのでした。そうでした。ではその話をすることにいたしましょう。

発端から話しまするとあれは八月の夕方のことでございました。

いつものように東海連合の人たちと海岸を歩いていると……、といって、東海連合

のことをご説明しなければならないことに気がつきましたので申上げますと、東海連合は、東海連合という名称が若干、暴走族っぽいところから、なにか凶悪な団体のように思われがちですが、そんなことはまったくなく、ただ夕方にみんなで浜辺を散歩するだけの平和的な団体です。会則、会員資格といったものもいっさいなく、いつでも加入できるしいつでも脱退できます。というか、会員名簿のようなものもないので、加入も脱退もありません。その日、そこに居る人がメンバーです。

もちろん会費もありません。

あ、忘れておりました。ただひとつだけ規則がありました。それは、本人が犬であることです。猿や雉は加入できません。

と云うと、その東海連合にいったいなんの意味があるのか。連合設立の主旨・目的はなんなのか、と問う人があるかもしれないので申上げますと、意味、主旨、目的はありません。ただ、なんとなくおもしろい、それだけのことです。というと、そうして意味不明・論旨不明なところが主人・ポチの書く小説とかいうものに似ていますね。まあ、ポチの小説がおもしろいかどうか私にはわかりませんが。

というのはまあよいとして、そんなことでメンバーは一定しないのですが、ミルク、バレンタイン、ココロ、ポップ、アルバ、アルル、ユカ、リン、タマ、チョコ、ミニー、シャンティーなんて連中は毎日、顔を出しますし、ティアラ、テリー、サクラ、マール、クルル、ポアロ、エンゾなんてのも日替わりでやって来て、大変に賑やかです。

こうしたメンバーは犬種もサイズもまちまちです。アルバなんかは体重が三十キロ以上ある大型犬ですが、チョコなんかは二キロもない超小型犬です。

そんないろんな奴が集まっているのですから、たまには喧嘩や揉め事が起こりそうなものですが、いまのところそうしたことはありません。

というと、「どうでい、犬ってやつぁ、どうも平和な生き物じゃねぇか。人類もこれを見習わなくちゃなんねぇな」という人があるかもしれませんが、私たちは生来が平和なのではありません。お互い気を遣ってPKOをしているから喧嘩にならないだけのことで、無茶な人がきたらそりゃあ無茶苦茶になります。

ってことで、八月のある日の夕方、私たちはいつものように東海連合の人たちと散歩をしていた訳です。

したところ、いつもは閑散としている広場からなんだかいつもと違う匂いが漂ってきます。こんなことは犬として放っておくことができませんので、みんなで行ってみると、なんということでしょうか、広場では、「東海麦酒祭」が開催されていました。

イベントをやっていたということですね。私たちが住んでいるのは山ですが、海岸は賑やかな観光地で、夏になると集客のためにしょっちゅうイベントが開かれます。そうしたイベントのなかでもっとも派手なのは花火大会なのですが、花火には多額のお金がかかるので、合間にこうした小規模なイベントをやっているのでしょう。なるほど。そういうことでしたか。おもしろいことですな。さようですな。バレンタインやココロとそんなことを話し合いながら私たちは通り過ぎようとしましたが、そうはいきませんでした。

云うのを忘れてましたが、東海連合の集まりには我々の他にそれぞれの飼い主が随《つ》いています。いわば準会員といったところでしょうか。

その飼い主が東海麦酒祭会場の入り口で立ち止まってしまったのです。準会員が私たち正会員の足を止めてはあきません。さあ、早く行きましょう。と、私たちはそれぞれの飼い主を促したのですが、飼い主たちが立ち止まって動かんのです。どうしたことでしょう。訝《いぶか》っていると飼い主たちは、

「麦酒祭。けっこうなことですな」「本当に」「どうです、ここは一番、我々も麦酒を飲んだらどうでしょうか」「よろしきことでおますでごいす」「おまはん、どこの人間や」

なんて事を云い交わしていたのです。

つまりなにを云っているのかというと、東海麦酒祭に入り込んで、エダマメや唐揚げ、シシャモやなんかを当てに麦酒を飲もうと云っている訳ですが、それはダメです。

なぜなら、私たちは麦酒を飲まないし、唐揚げやシシャモも貰えないからです。

じゃあ、その間、私たちはどうしているのでしょうか。テーブルの下に伏せて待っているほかないのです。

はっきり云って、この間、私たちはむっさ暇です。ただ、ひたすら待つばかりです。

だったら私たちにも麦酒や唐揚げを呉れればよいのですが呉れません。なぜかというと、前にも申上げたことがあると思いますが、健康に悪いからです。

人間が、ウマイウマイ、と云って食べている、チョコレート、なんていうのは相当、危険らしいです。後、タマネギなんかもダメですし、葡萄とかもダメです。というか、基本的に塩味とか醤油味といった味付けがダメなんですね。脂っこいのもダメです。

なので唐揚げ、なんていうのはもっての外な訳です。

ダメと云われると試してみたくなるのは人間も犬も同じで、私はいっぺんでよいから唐揚げを思う様、食べてみたいと思っています。

シードは唐揚げを食べたことがあるそうです。

ポチのところに来るまで、観光牧場でレンタルドッグをやっていたシードは、お客さんにいろんなものをもらって食べていたそうで、大抵のものを食べたことがあるそうです。

唐揚げは、コンビニ弁当というのに入っていたのを貰ったそうです。

弁当というのは、四角い箱のなかにいろんなお菜《かず》をちょっとずつと米飯を大量に入れた携行用の食事です。そんなものを食べたらどんなにかたのしいのでしょうか。ちょっとわかりません。なので脇で顔をくしゃくしゃにしてだらけていたシードに訊いてみました。

「あの、シードさあ」

「なんですか」

「シードって、牧場にいたときいろんなもの食べたことあるって云ってたよね」

「ああ、食べた。私ほどいろんなものを食べた犬はそうおらんだろうね」

「唐揚げとかも食べたんでしょ。他になにを食べたの」

「なんでも食べたよ。かちんうどんとか」

「かちんうどんてなに」

「うどんのなかに餅が入ってるんだわ。力うどんともゐふね」

「凄いことです。餅というとポチが一月朔日に食べてるのでしょ。どんな味がするの」

「そりゃあ、うまいものだよ。食べると全身に力がみなぎるよ」

「凄い、凄い。僕は普通のうどんすら食べたことがない。その他にはなにを食べましたか」

「そうさなあ、なんでも食べたけど、シーフードカレーとか食べたね」

「カレーっていうと、あのポチがときどき食べてるスパイシーなやつだよね。辛くないの」

「辛いよ。飛び上がるほど辛いよ。っていうか僕は実際に飛び上がった。二メートルは飛んだ。大阪には富田林《とんだばやし》というところがあるのだ。しかし、ここでやめたら負けだと思って、牙を食いしばって食べようと思ったんだけれどもね、困ったことに牙を食いしばったら食べられないでしょ。だから大半は残したよ」

マジですか、と云ってシードの目を見たら嘘を云っている目をしていたので、それ以上訊くのをよしました。

って、また話があらぬ方に行って、これじゃあ、ポチの小説です。どうもすみません。いま、廊下に猫さんが来ましたんで、ちょっと見てきます。

東海麦酒祭と看板

こんにちは。スピンクです。十月になりました。先月の続きを申上げます。

先月は、東海連合の集会において、準会員に過ぎない人間が自分たちの都合で正会員である私たち犬を差し置いて東海麦酒祭会場で狂乱しようとした、というところまでお話しいたしましたのですね。さて、その後、どうなったか。結果からいうと彼らは麦酒祭会場に入ることができませんでした。

なぜなら東海麦酒祭会場には、犬を連れての入場を禁止する、という看板が立っていたからです。

ところで話は少し飛びますが、この看板というのはおもしろいものですね。散歩をしていると、いろんな看板が目に入ってきます。

しかしその内容は、というと殆どが、

クルマを停めるな。
小便をするな。
花を手折るな。
煙草を吸うな。
ここから先に立ち入るな。
痴漢をするな。

という、なになにするな、という内容です。おもしろいことですよね。最近の人間の世の中の風潮を犬の立場で見ていると、みなが滑稽なくらい、ポジティヴ、であろうとし、例えばみなでなにかをしようという話をする際なども、現実面実際面に照らし合わせて、そのリスク面について述べる人は、ネガティヴ、なことを云ってみなの心の士気、モチベーションを下げる奴、として憎まれ、疎んぜられ、迫害され、それに比して、みんなで力を合わせて事に当たれば夢は必ず実現する。といった精神論観念論抽象論を述べる人は、ポジティヴな人、として歓迎される傾向にあります。にもかかわらず、こと看板となると途端にネガティヴになるのです。

そんなにポジティヴが好きなのならば町の看板においてももっとポジティヴな、

ここを通りがかったら他人の顔を見て、おめでとう、と云え。

困っている人に赤福餅を差し上げろ。

犬が通ったら頭を撫でろ。

鯨を救え。

地球を救え。

宇宙の真理を究めて悟れ。解脱しろ。

といったポジティヴな内容の看板があってもよいはずなのですが、そうしたものはほとんど見当たりません。興味深いことです。

ってわけで話を戻しますと、東海麦酒祭の会場にも、犬を連れて会場に入るな、という立派で威圧的な看板が立ててあったのです。

さてそしてその立派で威圧的、ということは大事なことです。

どういう点において、立派で威圧的、であるべきかというと、その材質において、その大きさにおいて、その意匠において、その内容において、立派で威圧的であるべきなのです。

ひとつずつ申上げますと、先ず材質ですが、やはり金属がよい、と思われます。金属は硬くて強いので、それを掲示した人の強い意志、固い意志を象徴的に表すのです。また、塗装をすれば風雨にも強く、永続的な意志を表すことができます。それに比して、プラスチック・合成樹脂製の看板は耐久性には優れていますが、いかんせん軽く、強い意志、を表すことができず、また、木製はというと、それなりの趣があり、口調は優しいけれども、若い衆を引き連れるなどし、なんだかただものではない感じのお爺さん、が諄《じゅん》々《じゅん》と諭《さと》している、みたいな雰囲気があるのだけれども、パッと見て直ちにその意味するところを了解せしめ可からざるを得ない看板には不向き、ましてや紙製は、というと、雨風で、べろっ、と剝がれやすいし、強い意志、はまったく感じられません。よって材質は金属を最良となすのです。

次に大きさの問題ですが、これは云うまでもなく大きい方がいいです。あまりバカでかいと逆に滑稽、という場合もありますが、もちろんこれは場合によるのでありまして、看板においては大きければ大きいほど威圧的です。大きい看板は、その行為を現実的に不可能にしてしまうバリケードの効果を発揮することもあります。小さ過ぎる看板はそれこそ、看過、されてしまいます。

　さらには意匠の問題ですが、この看板に逆らったら大変なことになる、と見る者の無意識に訴える必要があり、そのために書体やレイアウト、色遣いなどを工夫する必要があります。いかにもオープンマインドでラブ＆ピースな感じのデザインで、「No Parking」なんて描いてあっても、人は、「Let's get together and feel alright」などと嘯いてクルマを停めてしまいますし、あまりきつく云うのも角が立つから……、などと気を回して、おためごかし、花の絵やドラえもんなどを描くのはやめておくべきで、そこは無味乾燥に云うべきことだけを傲然と言い放つ、一切の個別の事情は聞き入れない、という強い意志を感じさせる意匠にすべきです。

　そして最後に内容の問題ですが、これはひとつは表現の問題です。具体的に云うと、駐車禁止、と端的に書くか、ここにクルマを停めないでください、と回りくどく書くかなのですが、当然これは端的に書く方が威圧的です。回りくどく、「ここにクルマを停められると私たち家族は大変迷惑いたしますので駐車しないでください。はっきりいってムカついています。このままいくと私はミニスカートに穿き替えてたこ焼きを食べながら原宿表参道を歩きかねません。この際、はっきり申上げておきますが、私は五十一歳の男性です」

などと自分の思いや事情を書けば書くほど付け入る隙を与えてしまうのです。

また、これは稍《やや》複雑なのですが、その内容そのものが看板として掲示するに足る内容であるか、という問題があります。

具体的に申上げますと例えば、「ここでシャブを射つな」という看板があったとしても、シャブに興味のない人にとってなんらの意味もなく、その看板に威圧されることもなければ、そもそもその看板を掲示する目的すら曖昧になるのです。

そうした例を幾つか挙げると、
ここで手打ちうどんを作らないでください。

無闇にここを掃除するな。

戻り鰹にならないでください。

腰から饅頭を出すことを禁ず。

仏の教えを守るな。

カウンターに飛び乗り、チョコザイナ、と絶叫して六億円をばらまかないでください。

等々です。

といって私はなんの話をしていたのでしょうか。ええっと、あ、そうそう、東海麦酒祭の、犬を連れて会場に入るな、という看板の話をしていたのでした。そう。その看板はきわめて大きい、金属製の看板で、材質、大きさ、意匠、内容、四拍子揃った威圧的な看板でした。

その結果、ポチらはボコボコに威圧され、半泣きで会場を後にしました。

とはいうものの、やはり不満が募るようでポチらは口々に、

「なぜ、犬が会場に入ってはいかぬのだ」

「犬を差別するな」

「犬だって人間だ」

「基本的犬権を侵害している。心外だ」

「心外革命だ」

「俺は麦酒を飲みたかった」

「俺は焼鳥を食いたかった」

「人民大衆をなめるな」

「パワートゥーザピープル」

「おどま盆からさきゃおらんど」

などと、東海麦酒祭を批判しました。

なかでももっとも激越な意見を述べていたのは、他ならぬ主人・ポチでした。

ポチは以下のごとくに陳べました。

「なめとったらあかんど、東海麦酒祭。なにが、犬連れお断りじゃ、あほんだら。犬がいったいなにをしたというのでしょうか。俺は犬が嫌いなんだ、と仰るのでしょうか。嫌いだから、という理由で立ち入り禁止にしていいんだったらねぇ、世の中はねぇ、大変なことになりますよ。僕は不細工なおっさんが嫌いだから、不細工なおっさん立ち入り禁止、つか、キレーなねぇちゃん以外立ち入り禁止、ってことにしていいんですか。そんなことをしたら自分が真っ先に入れなくなるんですよ。あなたたちのなかで罪を犯したことのない者が、まず、この女に石を投げなさい。ということだよ。なぜこんな簡単なことがわからないのか。犬は不衛生だからダメだ、というのも同じことだ。犬が原因で食中毒になるなんてことはありません。俺はユッケがなくなることとは反対だ。はっきり云って。けれどもそれはいま云っていることとはなんの関係もないのだ。ないのである。えらそうに、である調で喋るな、バカ。はい、すみません、と素直に謝るくらい、私は自分を客観的にみることができる。あなたとは違うんです。その私が云う。人間は犬よりはるかに強い動物です。人間によって犬が滅びることはあっても犬によって人間が滅びることはありません。千駄ヶ谷に行ってそのことを誓ってもいい。もちろん、恵比寿でも。俺はヱビスビールを飲みたい。でも飲めない。これは間違っています。間違いを放置してはいけません。私は市民として、善良な第三者として、この間違いを正すために自爆テロ、爆薬を満載した二トントラックで会場に突入する。これは正義の鉄槌である」

昂奮のあまり、また、禁酒で気がおかしくなっていたせいもあって、そんな無茶苦茶なことをいうポチにみなは、「論旨が無茶苦茶」「それは云い過ぎ」「テロはやめてください」「ひとりで海に沈んでください」「もっと建設的な意見を述べたらどうか」などと意見されて、口惜しそうにしていましたが、振り上げた拳を降ろすことができないまま、騎虎《きこ》の勢い、

「じゃあ、私の家で、東海麦酒祭をしのぐような一大フェスティバルを開催したらいい。どうだ、こんな建設的な意見はあるまい。まいったか。くわつはつはつはつはつ」

と云ってしまい、それが発端となってバーベキューを主催するハメになってしまったのです。ははは、ですよね。そしてそのバーベキューがどんな具合であったか、に

ついては、ははは、また後で申上げることにいたしましょう。なぜかというと私は散歩に行きたくなったからです。

そろそろ主人に命じて散歩に行って参ります。そして、「犬の小便禁止」と書いてある看板の前で思う様、小便をして参ります。ははは。ほほほ。明日はどっちだ?

ポチの器量と貫禄

十一月に入っても気温の高い日が続いて、庭の紅葉は赤くならないままチリチリになって落葉してしまい、また、近所の人間の方は、気温が高過ぎて干し柿がうまくできない、と嘆いておりましたが、月の半ばにいたるや忽ちにして寒くなり、人々はストーヴを買いに走ったり、炬燵に足を突っ込んでドンゴロスを羽織り、背中を丸めて動けない、なんてなことになりました。

ちょっと前からバーベキューの話をしていますが、バーベキューなどというものは大体が盛夏にするものです。私たちが暮らしているところを一説に、日本、と呼ぶそうですが、先日シードが、「その日本の人間は、季語、ということを非常に重要視する」と、偉そうに言いました。

いまがどういう季節かということと言葉というものが密接に関係していて、冬の季語を言うと夏でも寒く感じたり、逆に夏の季語を言うと冬でも暑く感じたりするそうです。

つまりは我々で言うと、ドッグ・トレーナーの人が使う、コマンド、すなわち、ステイ、と言われると自然と身体がぴしっと固まってしまう。ダウン、と言われると伏せてしまう、っていうあれのようなものです。まあ、あれも実は、自然と、っていうよりはこっちで気を遣ってやっている部分もけっこうあるんですけどね。

まあ、それはよいとして、とにかく日本においては季節感というものが大切で、寒くなっているのにいつまでもバーベキューの話をしている訳には参りませんので先を急ぎましょう。

しかし、まあポチは高をくくっておりました。バーベキューといった大事業を為すのだから、当面は準備委員会を立ち上げて会合を重ね、実行委員会設立にこぎ着けるまでには最低でも半年程度はかかるのではないか、と踏んでおり、その間にバーベキューに関する知識や技術を磨けばよい、と考えていたのです。

ところが、美徴さんとミルクの家のお嬢さんはメールのやり取りでいとも簡単に一週間後の開催を決めてしまいました。

　さあ、驚いたのはポチです。

「一週間後、ということは、君、どういうことになる？」

「一週間後というのは、一週間の後ということですね」

「マジですか」

「マジです」

「こりゃ、大変だ。とりあえずやむを得ない」

「どうするの」

「やむを得ない。この間、僕は禁酒をしていたが、とりあえず禁酒はやめて酒を飲むことにしよう」

「意味わかんないんだけど」

「なにがわからんのだ」

「だって、あなたにとってバーベキューというのは一大事業なんでしょ」

「そうだよ」

「だったら禁酒を続けた方がいいんじゃないの」

「なんでだ」

「なに？　その変な口調」

「これか？　これは哀川翔の真似をしているサンドウィッチマンの真似をしているのだ」

「あなたテレビ観ないのになんでそんなの知ってんの」

「昨日の晩、酒を飲まないから眠れなくてね。朝までYouTube観てたんだよ。まあ、それはいいとして、なんだったっけ？」

「バーベキューという大事業をするんだったら禁酒を続けた方がいいんじゃないのかっつってんだよ」

「おお、そうじゃった、そうじゃった。ま、そう考えるのが素人のあさましさだ」

「そうなの」

「うん。そうなの。だって考えてもご覧なさい。こないだうち僕どうだった？　どうでした？　忌憚のない意見を聴かせてもらいたいんだけれども」

「まあ、きちがいでした」

「でしょう。なんでそうなったんだと思います」

「知らない。きちがいだからじゃないの？」

「違うんだよ。それはねぇ、僕が禁酒していたからに他ならないからなんですよ。つまりね、僕にとっては禁酒っていうのは長年の人生の習慣に一大変革を齎《もたら》す一大事業

なんです。大変なことなんです」

「あ、そうなんだ」

「そうなんです。それでね、その大変な事業をやっているときにですよ、さらにまた別の大変な事業を始めるというのはね、もうそれは、二正面作戦というか、引っ越しの最中に手打ちパスタに挑戦するという、結婚式と葬式を同じ会場で同時進行するのと同じくらいに大変なことなのであってね、どちらかをいったん中断するというのが真の賢者のやることなんですよ」

「え？ あなたは自分が真の賢者だと思ってるんですか」

「ああ、まあ、どうだろう？ まあ、真の賢者とまではいかないかも知れないが、まあ、一般的な賢者の一番下、くらいのグループにはぎりぎり入っているんじゃないのかなあ。まあ、資格認定試験があるわけじゃないからわかんないけど。っていうか、そんなことはまあ、いいとして兎に角、僕は当面の問題を一本化するためにとりあえずは酒を飲むことにする」

そう言ってポチはクルマを呼んで駆けていき、午後十時頃、泥酔者と変じて帰ってくるや、そのまま昏倒してしまいました。

その翌日から主人は青い顔、ときおり、ううっ、などと呻きながら、バーベキューの準備を始めました。

主人はホームセンターに出掛けていき、木炭を買い、焜炉《こんろ》を買いました。紙カップを買い、紙皿を買いました。割り箸も買いました。

それだけ買うのに三日かかりました。

なぜならポチはバーベキューについての具体的イメージをまったく持ち合わせておらなかったからです。

なのでポチはバーベキューを行うためには木炭と焜炉が必要である、と思いいたるのに三日を要しました。そして紙カップと紙皿の必要性に目覚めるのに二日かかり、

「あわおっ。割り箸を忘れていたぜ」と絶叫したのはバーベキュー当日でした。

こんな主人ですから、肉や野菜、といったバーベキューの材料を取り揃えるのはまず不可能で、いったいどうなるのか、と心配しておりましたが、それはアルバ家の人とミルク家のお嬢さんが担当してくれることになりました。

となれば、後はもうみながやってくるのを自若として待っておればよい、というようなものですが、そうもいかないのは、大勢の人がやってきてもよいように部屋を片づけなければならないからです。

そんなことで朝からポチは尻端折りで、ハタキをかけるやら雑巾がけをするやら、大童《おおわらわ》で、「あっ。こんなところに古新聞が積みあがっている。縄で縛って納戸に持っていかなければ」とか、「あっ。こんなところに豚の置物が置いてある。邪魔だし趣味の悪い奴だと思われるに違いないから二階にもって上がろう」とか、「あっ。こんなところに書きかけのポエムがっ。なになに？　猿の頭のてっぺんちょ。ステッペンウルフが踊ってる。私はなににも頼らず。自分一人で生きていこう。人間を信じ、折り鶴を日に百羽も折り、十日ごとに千羽鶴を完成させよう。雪の日は風に留意、留意。だめだ。まったく詩になっていないし、こんなものをもし読まれたら東海連合を除名される。燃やそう」なんつって右往左往しておりました。

そして定刻の午後二時少し前、みなさんがやってまいりました。やってきたみんなを列挙いたしますと、ミルク、アルバ、ココロ、バレン、ピース、サニー、エンゾ、ボン、ヒナで、私たちを加えて犬はみんなで十二頭、人間はみんなで十四頭という大人数でした。

果たしてこんな大勢を典型的の小人物である主人・ポチが領導していかれるでしょうか。していかれる訳がありません。

初めのうちこそ主人はホストぶって、作り笑いを浮かべ、やってきた人に、やあ、いらっしゃい、と言って握手をしたり、飲み物を配ったりしておりましたが、地金はすぐに現れて、炭火を熾《おこ》したり、肉を焼いて取り分ける、といった実際のバーベキューの運営、維持・管理はミルク家の人やアルバ家の人がして、なんの能力もないポチは、ゴミの片付けや茶碗洗い、といった補助役・サポート役に徹するようになりました。

なんでこんなことになるかというと、人には持って生まれた器量と、身に付いた貫禄というものがあるということです。

つまり、器量と貫禄がある人は、ことさら、自分はこういう経歴でこういう肩書き・資格がある、と名乗らなくても、それなりのポジションと仕事を与えられ、逆に器量と貫禄がない人は、いくら偉そうにしても仕事も地位も与えられないのです。

組織においては器量も貫禄もない人間がなぜか高い地位についていることがありますが、それは策謀と奸計を巡らせた結果で、こうした組織は業績を上げることができず、いずれ崩壊します。国とかがそうだったら恐ろしいですね。

というのはまあよいとして、聞くところによるとポチはこれまで大体そういう人生を送ってきたそうで、気がつくとその現場でもっとも地位の低い人間がする仕事をしているとがおおかったそうです。

見ていると家庭においてもそうです。

よし。今日は庭木の剪定をする。君も手伝え。かなんか言って剪定鋏を片手に張り切って庭に出た主人は、気がつくといつのまにか箒をもって落ちた枝や葉っぱを片づけていて、脚立に乗って枝振りを整えているのは美徴さんです。

要するに、低器量・低貫禄なのです。

なのでバーベキューマスターなどと嘯いて、やっていることはゴミ捨て係なのです。それがおもしろくないのか、ポチは一時間もしないうちに酔っぱらって、自分自身がまったく役に立たないゴミクズに成り果ててしまいました。

可哀想なので体当たりをしたり、耳を舐めたりしてやりましたが、うるさい、スピンク。やめろ。などと暴言を吐く始末で手の施しようがありませんでした。

でも皆さんは楽しそうにしておられたし、私にとってもいつもは海岸で出会っている友が自分の家、自分の領域内にやってくるというのはとても愉快で刺激的な体験でした。

来年もポチに命じてやらせようと思っています。そのときまでにポチに多少の貫禄が身に付いているとよいのですが無理でしょう。でもまあ、それがポチです。そう思って一緒に生きてます。ワフッ。と吠え声と溜息と呼び声の中間のような声を出して、ワフッ。

師走雑感

みなさん。こんにちは。スピンクです。お時間がいらっしゃいますまで少しお話をいたしまするこことをお許しください。あはあ。なんてへりくだるのは犬の本性なんですかねぇ、私は実はあまりへりくだっていないんですよね。

飼い主、といって、また、最近はオーナー、なんて高ぶった自称をする人がありますが、その方々は、「座りをしたうえ、潤った瞳でじっと見上げられるとなんだか可哀想なような気の毒なような気持ちになる」なんてことをおっしゃいますが、それは人間が勝手に人間のメルヘン心を犬に投影しているだけで、ああいった際、犬は謙虚な気持ちでいる訳ではごわんせんのです。

どちらかというと、早よ、その八《や》つをくれさらせ、アホンダラ。と思っているのです。

なのにへりくだっているように見える。それが犬というものの複雑怪奇なところなのでございましょう。

主人・ポチは誰かが書いた文章の、小説は人間という複雑怪奇なるものを描くものだ、というところを読み、「まったくその通りだ」と言って翌日の談話取材で、「小説というものはなあ、人間という複雑怪奇なる生き物の、その内奥の真実真正の部分を描くものなのだよ。それにあたってもっとも重要なものがなにか、君、知ってるか？　なに？　知らぬのか。じゃあ、教えてやろう。それはなあ、真剣味、ということだ。柿ピーなんてもっての外だ」などと恰《あたか》も自分が考えたことのように語っておりましたが、複雑怪奇なことを書くのが偉いのであれば犬のことを書いた方がよいのではないか、と私は思っています。

まあ、そんなことを思ううちに十二月になりました。

十二月のことを人間の方では、師走、というそうです。

「師走ってなんだろうね」

「意味わかんないね」

キューティーと話していると、シードが訳知り顔で、

「それは先生が走る、ということだ」

と言いました。なお意味がわからず、「どういうこと？」と語尾上げに尋ねると、

「先生が走るくらいに忙しい、ということだ」

と言い捨て、ううううっ、と唸りながら、床に落ちていた、もちゃ、のところに走っていきました。

よくわからないので自分なりに考えてみたのですが、その考えを整理すると、まず十二月は忙しい月である、ということを表したいのだと思います。

ならば、忙月、とでも言えばよいのでしょうが、それでは曲がなく、説得力に欠けるので、五月とか十月にはけっして走らない人が走るという意味で、先生、すなわち師が走る、と言ったのでしょう。

ただ、ここにひとつ問題があるのは、なにも十二月でなくても先生が走っている、忙しい、という事実があるということです。

というか、普通の職人や月給取がのんびりしているときでも教員は忙しく走り回っているらしいのです。

つまり十二月を師走ということにしよう、と決めた頃は先生はけっして走らず、市民マラソン大会などがあっても絶対にエントリーしなかったのですが、ただ十二月に

なると忙しいので、師のたまわく、なんて絶叫しながら走り回っていたのですが、時代が下るにつれ、どういう訳か先生のなかで、走りたい、という意欲が高まり、五月でも十月でも走るようになってしまって、師走、という言葉に説得力がなくなってしまったのです。

だから最初に聞いたとき意味がわからなかったのです。

なので、これからは十二月のことは師走ではなくして、偉そうにするばかりでまったく仕事しない重役走、とか、ニート走、などとした方が名実が伴うと思うのですがいかがでしょうか。

なんてことを私は誰に言っているのでしょうか。私の場合は、ポチ走、とするのがもっとも実感を伴いますけれどもね。

そんなことはまあどうでもよいのですが、まあ、とにかく、十二月になって人間の方は忙しくしているようで、イルミネーションの輝く往来は雑踏、自動車の通行量も平生より余程増して混乱・混雑しています。

ポチも、今月は年末進行だあ、などと訳のわからぬことを絶叫しながら、頻りに忙しがっています。

そのポチが少しく気の毒なのは、忙しければ忙しいほど、傍からは暇に見えるという点です。

というのは、例えば、俵を運ぶとか、鯉こくを百人前拵《こしら》える、といった仕事であれば、あんなにせかせか身体を動かして、ああ、あの人は忙しいのだなあ。と思ってもらえるのですが、ポチの場合、終日、パソコンに向かい、鍵盤をポチポチポチポチ叩いているばかりで、じっとして動かず、傍から見たらなにもしていない暇人にしか見えないのです。

なので人に、煎餅こうてきて、とか、ガスコンロの火ぃ消したかどうか覚えてないから見てきて、などと頼まれるのです。

その都度、ポチは、「俺は忙しいんだよ。見てわからんか」と激怒しますが、申上げたように見てわからないのが非常に残念です。

しかしまあ、実際はそんなに同情することもないのかもしれません。

というのは先日の話ですが、いつものようにポチがポチポチする傍らで寝そべっていると、ポチポチ音が止まり、私は、ははあ、これは主人の業界で言うところの、苦吟、すなわち、心を苦しめて文章を綴っているのだなあ、気の毒で残念なことだなあ、と思い、同時に、しかしそれは私には関係のないことだ、と思いつつ、寝そべりを続行していました。

しかし、その後も、あまりにも長いことポチポチが止まっていて、どうしたのだろう。もしかしたら苦しみの余り、死んでしまったのか知らん、とにわかに心配になり、立ちあがって様子を見ると、死んでいるのではなく、足利義満、なんて文字を打ち込んで検索を行い、ヒットしたウェブサイトを閲覧しているのでした。

それも仕事に関係することならよいのですが、見たところ仕事とはなんらの関係もなく、ただ漫然と足利義満の記事を眺めているだけのようで、一通り閲覧し終わると今度は、ホルモン焼き、なんて検索をして、閲覧し始めるのです。

こんなことで間に合う仕事が忙しい訳がなく、どうぞ皆様方は主人を見かけたらご遠慮なく、「ポンカンを買ってきてくれ」とか、「ここで荷物の番をしとってくれ」とか、「おいしいラーメン屋を教えろ」とか言ってやってください。大丈夫なので。

という訳で、話が随分と横に参りましたが、収まりかえって十一月くらいまで微動だにしない偉い人も走り回る十二月になった訳です。

ということは私は来年五歳になる。そしてポチは、どうやら五十になるようです。どちらも人生の後半部に差し掛かったということです。おもしろいことですね。

ということとはまったく関係がないのですが最初の方で、飼い主のことをオーナーという、と申しましたが、最近はこの、オーナー、と自称する方が多く、石を投げればオーナーにぶつかる、って感じがいたします。

もちろん、船舶のオーナー、とか、球団オーナー、といった大物がそんなにたくさんいる訳ではないのですが、カフェのオーナー、ネイルサロンのオーナー、なんて人はごろごろいます。ま、そうした場合、多くは経営者でもある訳ですから、社長、と称することもできるのですが、社長、というと、スーツ姿で懸命な経営、ときには資金調達に走り回る、なんてなんとなく、おっさん臭いイメージがあるので、諸事に鷹揚な、そしてなんとなく恰好のいいイメージのある、オーナー、という呼称を用いるのでしょう。

しかし世の中には、経営者より従業員の方が多く、じゃあ、その人たちはオーナーにはなれないのか、というとそんなことはなく、従業員の方もオーナーになれます。

というのが先に申上げた、この犬のオーナー、という訳で、犬を連れて散歩をするような人はみなオーナー様です。

しかし、世の中には犬を飼っていない人も大勢いて、その人はオーナーになれないのかというと、大丈夫、なれます。もしその人が自家用車を所有していれば、その人はそのクルマの、オーナー、です。

しかし、世の中には犬も飼わず自家用車も持っていない人がいます。そういう方はオーナーと称することはできないのでしょうか。大丈夫です。できます。もし、その人が自転車を所有していれば、その人はその自転車の、オーナー、です。

しかし世の中には犬も飼わず、自家用車も自転車も持っていない、という人が一定程度おります。そういう人たちは、オーナー、になれないのか、というと、残念ですがなれません。

というと、「俺の家には炬燵がある。俺は炬燵のオーナーではないのか」と訴える人が出てくるかもしれません。「私方には猫が十一頭もいる。私は猫のオーナーではないのか」と訴える人があるかもしれません。

しかし、ダメなのです。

そりゃあ、所有者という意味においてはそうですが、いま、オーナー、と呼ばれ、得々とするためには、余人にその所有物を見せびらかすことができなくてはダメで、単に所有しているだけでは、オーナー、と自称できないのです。

そのためには、そのものが、家の外にあって大勢の目に触れるもの、でなくてはなりません。具体的に言うと、いま申上げた、船舶、球団、カフェ、ネイルサロン、犬、自動車、自転車などです。

なので炬燵や猫はダメです。薬缶やソファーベッドなどもダメです。

居酒屋などで友人に、「俺は電源アダプタのオーナーなんだよ」と言っても、怪訝な顔をされるばかりで羨ましがられることはありません。

まあ、とにかくそんな風で、偉いオーナー様が世の中に溢れて、これから人間の世の中はどうなっていくのでしょうか。ますます困難で過酷な世の中になっていくような気がします。その過酷な世の中で主人のような盆暗がちゃんと生きていかれるのかきわめて心配ですが、私の立場ではなんともしようがありません。

ただ、ワンワン吠え、衣服の裾を嚙んで引っぱり、耳を舐めるくらいのことしかできません。しかし、そうするとポチはへらへら笑って喜びます。なので、ときどきそんなことをやってやろうと思っています。

今回はなんだかとりとめのない話になってしまいました。しかし、考えてみればいつもこんなものですよね。こんなことを言っているうちにお時間がみえるのです。それが生きるということではないでしょうか。って訳でお時間がみえました。今日はこらへんで。さようなら。よいお年を。

主人・ポチの初春

年があらたまりまして正月ということに相成りました。私とキューティーにとっては五度目の正月、シードにとっては七度目の正月です。なので申上げます。明けましておめでとうございます。

なんちゃってね。まあ、初めの頃は私も夢中で生きておりましたのでよくわかりませんでしたが、三度目くらいから人間の正月というものが少しわかるようになってきました。

その特徴はリセットということです。

人も犬も、生きておればどうしても思い通りにならぬことがあります。

自分なりに精一杯の努力をしているのだが周囲が認めてくれない。儲かると思って投資したのに損失を出してしまった。好意を抱き、話しかけたりプレゼントをするなどして比較的いい感じになっていた娘がどこぞへ嫁に行ってしまった。うまいと評判のコロッケを買い食いしたらまずかった。よかれと思ってやったことが裏目に出て周囲にアホだと思われた。あわよくばと思ってやったことが裏目に出て周囲に悪人だと思われた。

なんてことが屡々あるのですね。

そうした場合、犬なれば、四肢を踏ん張って、全身を小刻みにブルブル震わせることによって忘れることができるのですが、人間は身体の構造上、それができないため、いつまでも嫌な思いを引きずってしまいます。

そうするとそれがストレスとなって鬱病や癌をわずらってしまいます。

そこで考えられたのが正月というシステムです。

どういうことかというと、先にも申上げた通り、正月になって新しい年になると古い年のことはすべて、なかったこと、にして、振り出しに戻る、ことができる訳です。

そして今年こそはよい年である、と信じて再スタートを切るのです。

それに先立って、年頭の誓い、ということをする人も多いですね。

去年は大酒を飲んで暴れた。今年こそはすっぱり酒をやめよう、なんて誓う人があるかと思うと、年明けから日記を付けよう、なんて人もありますし、今年からフランス語を習おう、なんて人もあるのかもしれません。女性なれば、今年は体重を減らして男をつかまえよう、なんて誓う人もありますし、善きことにまた一から挑戦することができるという訳ですね。もちろんそれが成就するかしないかはその方の努力次第でしょうが、でも仮に成就しないにしてもそうした希望を持つことができる、リセットできる、というのは大きいですよね。

しかし、ただなにもしないでいてリセットができるという訳ではなく、それにはいくつかの約束事があるようです。

まず、もっとも大事なのは、労働をしない、ということです。ユダヤ教に安息日というのがある、とシードが言っていましたが、正月はそれに似ているのかもしれません。

とにかく仕事は年内、すなわち十二月三十一日までにすべて済ませておき、正月のうちは仕事をしない、というのがルールになっているのです。

それから、正月飾り、というものをしなければなりません。玄関に藁と紙で作った飾り物を掛け、門に竹と松で拵えた飾りを左右一対設置し、また室内には大きな餅をふたつ重ねたものに海老や果物を載せた飾りを置かなければなりません。この三点セットがあって初めて、リセットが可能になる訳です。もっとも最近は、門がない家も多いため、そういう場合は門のところの飾りは省略するようです。

さらに節料理という料理を拵えて、正月の間はこれを食べなければなりません。それだけではなく、餅を焼き、雑煮というものも必須なようです。そして重要なのは、その際、祝い箸、といって両端が尖った正月専用の箸を用いなければならないのです。

その他にも、子供にやる年玉や羽根突凧揚歌留多取といったゲーム、年始会など、いろいろあるようですが、主なものは以上です。こういったルールを守って初めて、嫌なことをなかったことにして、新しいスタート、を切ることができるのです。

しかし、それが決まったのは随分と以前のことらしく、右に申上げました門松なんかがそうですが、最近はそうしたことを省略することも多いようです。

よほど以前は正月用の餅は大抵が各家庭で搗《つ》いたようですが、最近ではほとんどがよそから買って参りますし、節料理すらも買って済ませる家が多いようです。

正月には年賀状というものを出す決まりがあるのですが、これも電子メールでお茶を濁す人が多いようです。

ポチが子供の頃は正月は店やなんかもみんな休んでちょっとした買物すらできなかったそうですが、最近はコンビニエンスストアーは言うに及ばず、スーパーマーケット、百貨店、家電量販店、みな、普通に営業して、買物に関しては普段の日となんら変わるところがありません。

　そんなことが積み重なって正月のルールが昔と比べて随分と緩いものになってしまいました。

　その結果、どうなったかというと、正月のリセット機能もまた甘いものになってしまいました。

　一応、リセット効果はあるものの、昔ほどの効き目はなく、年があらたまっても去年の、嫌な感じ、うまくいかなかった感じ、を引きずるようになり、人は再スタートができなくなってしまったのです。

　その結果、鬱病になる人が近年増加傾向にあります。

　まことにもって困ったことですね。今年の暮れはぜひとも家で餅を搗くようにポチに言ってみましょうか。

　というのはしかし土台、無理な話ですね。

　なぜならポチというのは生来が偏屈な男で、多くの人が当たり前にすることを同じようにするのを極度に嫌がります。

多くの人がオリンピック中継に狂熱しているとき、ポチは囲碁のテレビ番組を見るなどしています。なにかがブームになっていると聞くと、意図的にこれを遠ざけ、見ない聞かないようにしますし、ベストセラーはベストセラーだからという理由でけっして読まず、行列を見れば怖気をふるって逃げ出すその様は可能な限り世間から遠ざかろう遠ざかろうとしているように見えます。

なぜ主人はかくも偏屈なのでしょうか。

そのことを美徴さんに問われたポチは、「なんか嫌なんだよ」とだけ答えていました。

そんなポチですから正月についても一切、無関係、飾りも節料理もなしで、普段はぶらぶらしている癖に正月に限っては働く、みたいなことをやっておったようです。

しかし当たり前のことですが、いちいちそうして世間に逆らい、世間のすることをしないでいて、平穏無事な人生は望むべくもなく、そんなことをするうち回りが出世をしていくなか、主人だけがいつまで経ってもウダツが上がらぬ、ということになり果てました。

そうこうするうちにもはや若いとは言えぬ歳になり、そして初老にさしかかるにいたって気が弱くなったのでしょう、こんなことになったのも世間に逆らってちゃんと正月をしなかったからだ、と思うに至り、爾来は最低限の飾りをし、節料理も用意するようになったらしいです。

そんなポチですから、餅つきなんてのはまあ無理でしょう。或いは、最近は餅つきをするものが殆どない、と煽動すれば、「ほお。たれもやらぬのか。じゃあ、予はやろうかな」と考えるかもしれませんが、非力で駑不器用な主人に餅つきなどという力業ができるとは思えませんし、ポチには、土台、その資力がありません。

そんなポチはしかし正月の抵抗を完全にやめた訳ではなく、毎年、一月一日から例の仕事とやらをしています。

そして人に会うごとに、「僕は十二月三十一日が仕事納で一月一日が仕事始ですよ。くわつはつはつ」と吹聴するのです。

すると人は、「それは凄いですな」とか、「よほどお忙しいのでしょうな」などと言いますが、それを聞いてポチは大得意の体で鼻をひくひくさせているのです。

称賛されていると思ってそんな得意顔をしているのですが誤解です。

脇で見ていると大体の人が、気の毒な人を見るような目で主人を見ています。

また、今年は格別の抵抗をしているようです。

どんな抵抗かというと、まあ、午《ひる》には、一応、節料理を取り寄せてこれを食べるなどするのですが、昨年の暮れから今日に至るまでカップヌードルという即席麺を毎朝欠かさず食べているのです。

別に正月にカップヌードルを食べてはいかんということはないのですが、わざわざ、それも十日以上、連続で食べるというのはちょっとおかしいです。

このことについてポチは黙して語らず、なんでそんなことをするのかその内心が知れず不気味です。

こういうことはシードが精《くわ》しいのでしょうか。シードに尋ねてみました。

「シード」

「なにかね」

「主人のことなんだけどね」

「主人がどうかしたのか」

「正月だというのにカップヌードルを食べているんだよ。それも十日も続けている。どうしたんだろうか」

「心配なのか」

「まあ、少しばかりな。大丈夫なのかな、と思って」

「心配にはいろんなレベルの心配がある。スピンク。おまえがどのレベルの心配をしているのかが僕は心配だ。そして大丈夫か大丈夫じゃないかというと、ポチはいままでずっと大丈夫じゃなかったし、これからも大丈夫じゃないだろうね。僕はそんな奴をいっぱい見たよ。観光牧場で。でも治す方法はあるよ」

「どうするの」

「単簡なことだ。あそこの棚にポチのカップヌードルが置いてあるだろう」

「あるね」

「君は背ぃが高いから届くだろ。あれを全部床に落として僕らでベキベキに嚙み破ってごらんなね。もうポチはヌードルを食えない」

「なるほど。おもしろいね。やろう。キューティーもやんねぇ?」

「やるやる」

つって私たちはカップヌードルを床に落としてベキベキに嚙み破りました。私とキューティーは嚙み破っただけでしたが、シードは随分と食べたようです。

後で、美徴さんに叱られるかもしれませんが、これも主人の偏屈を治すためなので致し方ありません。そのときは伏せでもして反省しているふりをいたします。そんな風に私どもの本年が始まりました。皆さん、本年もよろしくお願いします。

前倒し、前倒れ。

　こんにちは。スピンクです。今年は雪が多いですね。人間の方の概念では雪が降ると犬は喜んで庭を駆け回るということになっているそうですが、仔犬ならいざ知らずこの歳になるとさすがにそういうことはありません。足が冷たくて嫌だなあ、と思うだけです。おほほですね。

　一昨年の今頃は主人・ポチがひとりで張り切って雪山を越えて湖畔のレストランに出掛けていき、テラス席で寒さに凍えながら運ばれてくるなり冷凍食品と化す料理にみんなが気まずくなりました。

　それに懲りてのことか、今年はポチもそういうことを言い出さず、大概は暖房の効いた家でぬくぬくしてもっぱらカップヌードルを食べています。

主人が自分で本に書いているようなのでご存知の方もあるかも知れませんが、あの折は一時的に気がおかしくなっていたのでしょうが、実はポチは極度に寒さに弱く、普通の人が少し肌寒いくらいにしか思わないときでも、「さっ、寒くて歯の根が合わない。このままだと凍死するかも知れない」と情けない声をあげ、腕を胸の前で組んで首を縮めてガタガタ震えています。

そんなポチですからリビングルームには複数の寒さ対策が施してあるのですが、それにしても度を超しています。

まず床には瓦斯《ガス》温水式床暖房というのが敷き詰めてあります。それから、二十畳用の石油ファンヒーターというのが置いてありさらに二十畳用のエアコンディショナーが取付けてあり、窓という窓には窓からの冷気侵入を防止する棒状の機械を家族の誰にも相談しないままいつの間にか買ってきて設置してあります。それで十分に暖かいのですが、私どものリビングルームにはそれ以外に、瓦斯ファンヒーターとオイルヒーターと電気カーペットと手炙り火鉢があります。

もちろんそれらをすべて作動させるということはありませんが、美徴さんがふと、今日は肌寒いね、などと口走ろうものならポチは顔色を変え、

「そ、それは大変だ。いま作動しているのは床暖房と石油ファンヒーターだがそれに

加えてエアコンディショナーを作動させよう。設定温度は二十八度でよろしかろう。なに？　節電？　馬鹿なことをいってはいかん。命あっての物種、という言の葉を知らぬのか。ン当にもう、昭和二十年の東京大空襲のことを知らぬ人間はなにをいうかわからないから恐ろしい。それから君はそこの瓦斯ファンヒーターのスイッチをいれて呉れ給え。僕は炭を熾すから」

などと狂奔する。その結果、部屋は息苦しいほどに暑くなって、主人ひとりが大満足の体で冷酒を飲みながら、「おほほ。寒い冬にこんなに暖かい部屋で寛ぐことができて僕らは本当に幸せな家族だな。いっそフィンランドにでも移住するか。松の木ばかりが松じゃない時計見ながら気をもんで、なんつった歌を現地に広めますか、その際は」などと愚にもつかぬことを言いますが、私たちは暑くて仕方がなく、ポチが酔っぱらって二階へ行って寝てしまうやいなや暖房を切ります。

なんでポチはそんななのでしょうか。まったくわけがわかりません。

嘆息しているとシードが来て、うううううっ、と唸りながら雑巾を嚙んで振り回して遊んでいたので話しかけました。

「あのさあ、シード、遊んでいるところを悪いんだけどさあ」

「うううううっ。なに？」

「ポチのことなんだけどさあ、なんでああなんだろうね」

「暖房のこと？」

「そう。なんでわかったの」

「俺はなんでもわかってるよ。あれはなあ、単なる寒がりじゃないんだよ。あの人はねぇ、なんでも前倒し前倒し、常に焦ってるんだよ」

「っていうと？」

「例えば誰かと五時に約束してるとするだろ。そのためには四時半に家を出なければならない、そのためには四時に着替えなければならない、そのためには三時にシャワーを浴びなければならない、そのためには二時までに仕事を終えなければならない、ってどんどん前倒しになっていって、約束は今日の午後五時なのに前日の午前六時くらいからあたふたするのだよ」

「それと暖房となんの関係があるんだよ」

「だからさ、誰かが、寒い、と言ったとするだろ。したら普通は石油ストーヴかなんかをつけて事足れりとするのだけれども、いや、あの人は極度の寒がりかも知れないから床暖房も必要だ、と考えて床暖房をつけ、それでもはや十分なのだけれども、しかしあの人のセーターはいかにも薄い。カシミアとかだったらよいが、そうでもなさそうだ。ここは一番、エアコンディショナーもつけないとならぬな、とエアコンディショナーをつけたからもういいだろうといったんは思うのだけれども、もしかしたらあの人は極度のロハスかもしれない、と思って火鉢に炭を入れる、って具合に常に焦って前のめりなんだよ」

というシードの説明を聞いて私は深く納得しました。

普段のポチを見ているとまったくその通りだからで、一日のスケジュールからしてそうです。

前に談話取材で家にきた記者に、仕事をするのはやはり夜ですか、と聞かれてポチは、「いや、ぼかー、早朝に仕事をするんです。朝はねぇ、もっとも頭脳が冴えるんですよ」と常にない気取った口調で答えておりました。

ちょっと前までは確かにそうでした。午前六時頃より仕事を始め、早いときで午前十時頃まで仕事をしておったのです。

ところが、なんでも前倒しになっていくポチなのでそれが次第に早まって一昨日は午前四時頃より仕事を始め、朝の八時には仕事を終えていました。

それはそれで構わないのですが、そのことによって食事の時間がおかしなことになってきました。ポチは基本的に日に二食で以前は仕事を終えて十一時頃にカップヌードルを食べ、午後は雑用などをこなして宵に晩飯を食べておりましたので、まあ、普通といえば普通です。

ところが仕事が終わるのが早いものですからカップヌードルが九時頃になります。と、同時に夜も早まって午後三時頃から晩飯ということになります。

そんな時間に晩飯というのもおかしなものですが、なんでも前倒ししていくポチなので仕方がありません。ただ具合が悪いのはポチには晩飯の際、酒を飲むという癖《へき》があるという点で、午後三時といえばまだ日は高く、世間の人はまだ働いている時間です。そんな時間に、赤い顔をして上機嫌で、「まいどおおおおっ、皆さまおなじみの、お聞きくだされ、一節は、流れも清き宮川の、水に漂う左近ショー」なんて歌っているのはいたって外聞が悪く、まったくもってお恥ずかしい限りです。

その挙げ句、ポチは午後六時には寝てしまいます。

そして若い人ならともかくもはや初老にさしかかったポチですからそう長いこと寝ていられるものではありません。午前二時頃に、むく、と起き上がり、また仕事を始めます。そうすると午前六時には仕事が終わりますから午前七時にはカップヌードル、午後一時に夕食ということになります。

さすがのポチも午後一時から酒を飲むということはありませんから、そういう日は宵まで起きていて、宵に改めて飲むということになり、それ以上、前倒しになるということはありませんが、それにしても午後一時に夕食を食べるというのは人としてどうかと思われますが、五十年かかってそんな人間になったものを元に戻そうと思ったら最低でも五十年はかかる訳で、そこまでポチの寿命はありませんし、もちろん私の寿命もないので、ポチはああやって前倒し、前倒しで生きていくより他ないのでしょう。

或いは、満足な人間の一日が二十四時間なのに比して、主人の一日は十六時間くらいしかないのかもしれません。そういう人のことを指してちょっと足らぬ人というのでしょうか。気の毒な主人です。

しかし、気の毒がってもいられないのは私たち家族に迷惑が及ぶからで、ことに料理担当の美徴さんは食事の時間が一定せずたいへんです。

午後一時にポチが二階の仕事場から降りてきます。

「そー、うぃや、うぃ。今日も全業務が終了した。まあ、すべてが終わったという訳ではないが、今日の分は終了したということだ。それにつけてもいまは何時だ。おっ、もう一時か。それはいかん。晩ご飯の時間だ。おい、膳部をもて」

「夕食ってまだ一時ですよ。一時に夕食を食べる人がありますか」

「そー、うぃや、うぃ。一時に夕食を食っちゃ、いかんという決まりはないだろう」

「夕食は夜に食べるものです。午《ひる》に食べたらそれは昼食です」

「また、わからぬことを言う。そー、うぃや、うぃ。そー、うぃや、うぃ。ならば夕食は夕方に食べなければならないということになる。そして夜に食べるのは夜食ということになる。ところが、夜食というのは一般に深夜に食べるものを指している。そうした、言葉の奥深いところにあるものを厳しく見つめるのが文学というものだ。おまえにそれがわかるか。そんなこともわからんで、小理窟を言うな」

「そっちこそ詭弁を弄するのもいい加減にしてください」

「馬が入っていないのにうま煮、とはこれ如何に？　象が入っていないのにぞう煮というが如し、ってやつか。なるほど。しかしなあ、君はなんでもぎりぎりにならないとやらない性分だが、そうすっと仕事って奴はうまくいかないんだよ。何事も余裕をもって早い目早い目にやっておく。これが肝要だ。っていうのはね、時間のないなか焦ってやる仕事、ってのはよくない。なぜなら期日に間に合わせる、っていうのが目標になってしまって、少々、出来は悪くともとにかく間に合わせよう、間に合いさえすればよい、ってことになってしまう。僕はそういう例を嫌と言うほど見てきた。だから僕はなんでも早い目、早い目にやっておくんだよ。それが出世の秘訣さ。だから

ねぇ、夕食なんてものを七時頃に食っておるようじゃ、出世は覚束んのさ。まあ、理想を言えば夕食なんてものは午前中に済ましておくのがいいんだよ。しかしまあなかなかそうもいかんしな。なんとか努力して午過ぎには夕食を済ましちまおうと思っているのさ。わかったか」

「まったくわからない」

「これだけ言っておるのにまだわからんのか。愚な奴だな。まあわからんならわからんで仕方ない。また、おいおい教え導いてやるゆえ、いまは疾《と》く膳部をもて。そうしないと僕はいつまで経っても出世ができない」

「あの、ひとつだけ訊いていいかな」

「ああ、ひとつくらいならよろしかろう」

「昨日、出版社の方から電話があってえらく原稿の催促をなさってましたけど、あれはどうなったのですか」

「そー、うい、うい。ええっとなんの話だったたっけ」

「なんでも早い目早い目にやるんですよねえ」

「そうだよ」

「じゃあなんで原稿の催促の電話がかかってくるんでしょうねぇ」

「そー、うぃや、うぃ。そー、うぃや、うぃ。ちょっとコンビニに行って参ります。なんかついでの買物ありますか？」

こんな感じで今日も私たちの日々は過ぎていきます。早回しに過ぎていきます。

こんな感じで私たちは今日も生きています。早回しで生きています。

解説
スピンクさんへの手紙

水原紫苑

スピンクさん、こんにちは。

私はシオンと言います。人間です。スピンクさんはこれで二冊目のご本だそうですが、とても文章がうまいですね。犬らしい新鮮な観察と人間も顔負けの深い思索に感心しました。ご主人・ポチさんの影響と生まれつきの素質がおありなんでしょうね。

ポチさんは、人間ですが、オーラが犬でいらっしゃるんですね。だから、人間社会に適応しにくく、ご苦労ばかりなさっているんですね。お写真を見ると、本当に素敵な方なのに、お気の毒です。でも、だからこそ、凄い作品がお書きになれるんでしょう。

スピンクさんはお身内なので、ご主人・ポチさんのことを謙遜してお書きですけれど、ポチさんの凄さはお言葉だけで伝わります。

「俺の心は砂漠だよ。」とか「俺はもう散歩なんて一生いかない。ずっと家に閉じこもって夜ごと黒ミサを執行する。昼間は回転焼きを焼いては棄て焼いては棄てという不毛なことをやり続ける」とか「ロンドン橋が落ちる、落ちる、落ちる。国家に対して国民が落ちていく。」とか、ビリビリしびれるようなカッコ良さです。さすがに、人間でありながら犬という特殊なオーラが光っています。

実は私もサクラというトイプードルと暮らしていて、自分が犬か人間かわからないほどこの犬に夢中なんですけど、それじゃあまだまだ修行が足りないということがよくわかりました。自分はひょっとしたら人間ではないのではないかと思いながらも、ギリギリ人間の世界に踏みとどまって渾身の叫びを上げるのが文学というものなのでしょう。なんて、気恥ずかしいことを言ってしまいました。

そして、ポチさんと美徴さんのご夫妻は、スピンクさん始め、ご兄弟のキューティーさん、新登場のシードさんと、みなさん、人間に見捨てられたわんちゃんを助けて家族になさっているんですね。猫ちゃんたちもそうだと伺っております。

本当に人間たちは勝手です。スピンクさんが言う通り、人間は自分の都合で「生産」したわんちゃんたちを、また都合で捨てたり放り出したりしているんですよね。

いつか罰が当たるでしょう。

この本の初めの事件は、セラピードッグにされていたシードさんをポチさんたちが引き取って、無事家族の一員になるまでです。

私は知らなかったんですけど、行き場のないわんちゃんたちをセラピードッグに仕立てて、またまた人間社会に利用するシステムがあるんですね。徹底的に人間本位の考えです。それに、美徴さん、スピンクさん、キューティーさんが疑問を持ち、ポチさんも理解して、シードさんをお金を出して買い取ってあげるのですね。ただでも引き取ってくれる人は少ないのに、十二万という大金を出すとは、さらりと書かれていますが、なかなかできないことです。

こうしてやって来たシードさんは、不思議なキャラクターです。スピンクさんとキューティーさんのご兄弟が白のスタンダードプードルなのに対して、シードさんは黒のミニチュアプードルと見た目も対照的ですが、性格も、スピンクさんたちがいかにも犬らしく、うれしいことも悲しいことも尻尾や表情で丸わかりなのにシードさんは、全く何を考えているかわかりません。ブリーダーのところで種犬として働いたり、牧場でレンタルのセラピードッグを務めたり、辛酸をなめたせいでしょうか、犬の眠狂四郎といった感じです。

シードさんがスーパーで突然逃げ出して、ポチさんは必死に追うのですが、この時、なりふり構わず、吐きそうになるまで走ったポチさんは、飼い主として立派ですね。私なら、途中で、もう駄目、きゃあ誰か助けて、と目をつぶってしまったかも知れません。

立派と言えば、犬のオーラを持つポチさんを支え、わんちゃん猫ちゃんたちのお世話を全部なさっている美徵さんは立派の一言に尽きます。ポチさんと美徵さんの会話がとても面白くて、美徵さんの言葉は、ところどころ、太宰治の『ヴィヨンの妻』のような「ですます」調と、今風の「だよ」が入り混じって味わい深いです。美徵さんこそ、この作品の扇の要ですね。

さて、シードさんの登場に次いで、この本の事件と言えば、ポチさんの「苦悩の池」です。ポチさんたちのおうちは、山の中で、お庭が広くて、風流なお池があるんですね。うらやましいことです。

ところが、この大事なお池にヘドロが溜まり、お掃除をしようとしても、「悪魔の鯉」が棲んでいるからかなわないという、怪奇物語のようなお話です。鯉が自分でそう名乗ったわけではありませんが、スピンクさんは動物的勘で察知されたんですね。おまけに風水によると、ポチさんのおうちは凶相で、しかも池というものは絶対いけないという、とんでもないことになってしまいます。

私はここで、「悪魔の鯉」が正体を現し、スピンクさんたちが立ち向かうという、「エクソシスト」ばりのホラーを期待しましたが、鯉オタクのクールジャパン青年や、頼もしい植木屋の親方が登場して、「悪魔の鯉」をあっさり退治し、お池をきれいに掃除して、ミニチュアの滝まで作ってくれました。素晴らしいことです。

これでポチさんの苦悩も晴れるかと思いきや、またまた悩んでしまうポチさんです。誰もが直面するお勘定の問題ですが、ポチさんの口を通すと、ただお金が払えるか心配というのではなく、無限にネガティヴな空想が広がって、オペラのアリアのように朗々と響きます。さすがミュージシャンですね。

最後の大事件は、何と言ってもバーベキュー問題です。

まず、ポチさんがお酒をやめて、おかしくなってしまいます。ポチさんはあまりにも繊細な心を、お酒でなんとか支えていらっしゃるので、お酒がないと神経が爆発してしまうんですね。おいたわしいことです。と、部外者の私はのんきに言っていられますが、美徴さん始め、スピンクさん、キューティーさん、シードさんにしてみれば、たまらないですよね。中でも長男格のスピンクさんは、尻尾を垂れて心配なさったことでしょう。ましてや、ポチさんがお酒をやめたきっかけが、スピンクさんの大好きなお散歩に関わりがあるそうですから、なおさらですね。

そして、東海連合という、名前はちょっとコワいですが、平和的な犬たちの団体とその準会員である飼い主たちが、東海麦酒祭の会場に入れてもらえなかったことから、「思わずポチさんは、代わりに自宅でバーベキュー大会をやろうと口走ってしまいます。この辺り、お酒をやめた勢いが出たのかも知れませんね。

さあ、そうなると、バーベキューという大事業と禁酒という人生の一大事とは、到底両立しないということになり、ポチさんは大事業遂行のために、敢えてまたお酒を飲み始めます。お酒飲みの理屈というものは面白いですね。

果たして、そこまでの決意で臨んだバーベキューがどうだったかと言うと、堂々たる亭主役のはずのポチさんは、お掃除のお手伝いに終わってしまわれたのです。スピンクさんはまた謙遜して、低器量・低貫禄などと、ポチさんを酷評されますが、それでこそいいのですよ。一見役に立たないように見えることこそ、大宇宙の理にかなって尊いと昔の中国の人も言っていたようです。実はポチさんこそ大人物に違いありません。

ですから、前倒し人生のポチさん、どうぞ生き急がれることなく、私たちに素敵な作品を読ませてくださいませ。そして、ポチさんを守るスピンクさんも、また楽しいご本を書いてくださいね。美徴さん、キューティーさん、シードさんにくれぐれもよろしく。

本書は二〇一二年十一月、小社より単行本として刊行されました。

|著者|町田 康　作家・パンク歌手。1962年大阪府生まれ。高校時代からバンド活動を始め、'81年に伝説的なパンクバンド「INU」を結成、『メシ喰うな』でレコードデビュー。'92年に処女詩集『供花』刊行。'96年に発表した処女小説「くっすん大黒」で野間文芸新人賞、ドゥマゴ文学賞を受賞。2000年「きれぎれ」で芥川賞、'01年『土間の四十八滝』で萩原朔太郎賞、'02年「権現の踊り子」で川端康成文学賞、'05年『告白』で谷崎潤一郎賞、'08年『宿屋めぐり』で野間文芸賞をそれぞれ受賞。近著に『バイ貝』『この世のメドレー』『猫のよびごえ』『常識の路上』『絵本 御伽草子 付喪神』『スピンクの壺』他、著書多数。
公式HP
http://www.machidakou.com

スピンク合財帖《がつさいちよう》
町田《まちだ》 康《こう》

講談社文庫
定価はカバーに
表示してあります

2015年11月13日第1刷発行

発行者——鈴木 哲
発行所——株式会社 講談社
東京都文京区音羽2-12-21　〒112-8001
電話 出版 (03) 5395-3510
販売 (03) 5395-5817
業務 (03) 5395-3615

デザイン—菊地信義
製版——凸版印刷株式会社
印刷——凸版印刷株式会社
製本——加藤製本株式会社

Printed in Japan

ISBN978-4-06-293250-9

講談社文庫刊行の辞

二十一世紀の到来を目睫に望みながら、われわれはいま、人類史上かつて例を見ない巨大な転換期をむかえようとしている。

世界も、日本も、激動の予兆に対する期待とおののきを内に蔵して、未知の時代に歩み入ろうとしている。このときにあたり、創業の人野間清治の「ナショナル・エデュケイター」への志を現代に甦らせようと意図して、われわれはここに古今の文芸作品はいうまでもなく、ひろく人文・社会・自然の諸科学から東西の名著を網羅する、新しい綜合文庫の発刊を決意した。

激動の転換期はまた断絶の時代である。われわれは戦後二十五年間の出版文化のありかたへの深い反省をこめて、この断絶の時代にあえて人間的な持続を求めようとする。いたずらに浮薄な商業主義のあだ花を追い求めることなく、長期にわたって良書に生命をあたえようとつとめるところにしか、今後の出版文化の真の繁栄はあり得ないと信じるからである。

同時にわれわれはこの綜合文庫の刊行を通じて、人文・社会・自然の諸科学が、結局人間の学にほかならないことを立証しようと願っている。かつて知識とは、「汝自身を知る」ことにつきていた。現代社会の瑣末な情報の氾濫のなかから、力強い知識の源泉を掘り起し、技術文明のただなかに、生きた人間の姿を復活させること。それこそわれわれの切なる希求である。

われわれは権威に盲従せず、俗流に媚びることなく、渾然一体となって日本の「草の根」をかたちづくる若く新しい世代の人々に、心をこめてこの新しい綜合文庫をおくり届けたい。それは知識の泉であるとともに感受性のふるさとであり、もっとも有機的に組織され、社会に開かれた万人のための大学をめざしている。大方の支援と協力を衷心より切望してやまない。

一九七一年七月

野間省一

講談社文庫 最新刊

井川香四郎
飯盛り侍　城攻め猪
弥八VS.信長、飯が決する天下盗りの行方。文庫書下ろし戦国エンタメ、佳境の第三弾！

朱野帰子
超聴覚者　七川小春
〈真実への潜入〉
遺伝子治療で聴覚が異常発達した小春は巨大企業のスパイとなる。『真実への盗聴』改題。

松本清張
大奥婦女記
〈レジェンド歴史時代小説〉
愛と憎しみ、嫉妬。女の性《さが》が渦巻く江戸城・大奥を社会派推理作家が描いた異色時代小説。

隆慶一郎
見知らぬ海へ
〈レジェンド歴史時代小説〉
家康から一目置かれた海の侍・向井正綱の活躍を描く、隆慶一郎唯一の海洋時代小説！

酒井順子
そんなに、変わった？
〝負け犬〟ブームから早や10年。煽られる激変ムードに棹さして書き継いだ人気連載第8弾。

長浦京
赤《セキ》刃《ジン》
無情の武士と若き旗本との対決を描く、新感覚の剣豪活劇。第6回小説現代新人賞受賞作！

日本推理作家協会 編
Question《クエスチョン》　謎解きの最高峰
〈ミステリー傑作選〉
プロが選んだ傑作セレクト集。「ビブリア古書堂」シリーズの一篇ほか、全7篇を収録。

梶よう子
ふくろう
江戸城刃傷《にんじょう》事件を企てたのは父と知った息子。果たして復讐の輪廻を断つことはできるのか？

町田康
スピンク合財帖
スピンクが主人・ポチたちと暮らす家にシードがやってきた。大人気フォトストーリー。

加藤元
私がいないクリスマス
クリスマス・イヴに手術することになった育子30歳。ぼろぼろの人生に訪れたある邂逅。

C・J・ボックス
野口百合子 訳
ゼロ以下の死
死んだはずの少女からの連絡。連続射殺事件の犯人と同行しているらしい。好評シリーズ。

講談社文芸文庫

島田雅彦
ミイラになるまで　島田雅彦初期短篇集
解説＝青山七恵　年譜＝佐藤康智
釧路湿原で、男の死体と奇妙な自死日記が発見された――表題作ほか、著者が二十代で発表した傑作短篇七作品。尖鋭な批評精神で時代を攪乱し続ける島田文学の源流。
しJ2
978-4-06-290293-9

梅崎春生
悪酒の時代　猫のことなど　―梅崎春生随筆集―
解説＝外岡秀俊　年譜＝編集部
多くの作家や読者に愛されながらも、戦時の記憶から逃れられず、酒に溺れた梅崎。戦後派の鋭い視線と自由な精神、底に流れるユーモアが冴える珠玉の名随筆六十五篇。
うB4
978-4-06-290290-8

塚本邦雄
珠玉百歌仙
解説＝島内景二
斉明天皇から、兼好、森鷗外まで、約十二世紀にわたる名歌百十二首を年代順に厳選。前衛歌人であり、類稀な審美眼をもつ名アンソロジストの面目躍如たる詞華集。
つE7
978-4-06-290291-5

講談社文庫　目録

麻耶雄嵩　夏と冬の奏鳴曲《ソナタ》
麻耶雄嵩　木製の王子
麻耶雄嵩　メルカトルかく語りき
麻耶雄嵩　神様ゲーム
松浪和夫　摘　出
松浪和夫　非常線
松浪和夫　核の柩
松浪和夫　警官魂〈激震篇〉〈反撃篇〉
松井今朝子　仲蔵狂乱
松井今朝子　奴《やっこ》の小万《こまん》と呼ばれた女
松井今朝子　似《に》せ者《もん》
松井今朝子　そろそろ旅に
松井今朝子　星と輝き花と咲き
町田　康　へらへらぼっちゃん
町田　康　つるつるの壺
町田　康　耳そぎ饅頭
町田　康　権現の踊り子
町田　康　浄　土
町田　康　猫にかまけて
町田　康　真実真正日記
町田　康　宿屋めぐり
町田　康　猫のあしあと
町田　康　人間小唄
町田　康　スピンク日記
町田　康　猫とあほんだら
舞城王太郎　煙か土か食い物〈Smoke, Soil or Sacrifices〉
舞城王太郎　世界は密室でできている。〈THE WORLD IS MADE OUT OF CLOSED ROOMS〉
舞城王太郎　熊の場所
舞城王太郎　九十九十九
舞城王太郎　山ん中の獅見朋成雄《しみともなるお》
舞城王太郎　好き好き大好き超愛してる。
舞城王太郎　NECK《ネック》
舞城王太郎　SPEEDBOY!
舞城王太郎　獣の樹
舞城王太郎　イキルキス
松尾由美　ピピネラ
松久　淳・田中　渉・絵　四月ばーか
松浦寿輝　花腐《くた》し
松浦寿輝　あやめ鰈ひかがみ
真山　仁　虚像の砦
真山　仁　新装版 ハゲタカ(上)(下)
真山　仁　新装版 ハゲタカII(上)(下)
真山　仁　レッドゾーン(上)(下)
真山　仁　グリード〈ハゲタカIV〉(上)(下)
毎日新聞科学環境部　理系白書
毎日新聞科学環境部　「理系」という生き方〈理系白書2〉〈この国を静かに支える人たち〉
毎日新聞科学環境部　迫るアジア どうする日本の研究者〈理系白書3〉
前川麻子　すきもの
町田　忍　昭和なつかし図鑑
松井雪子　チル☆
牧　秀彦　裂《れっ》帛《ぱく》〈五坪道場一手指南〉
牧　秀彦　凜《りん》々《りん》〈五坪道場一手指南〉
牧　秀彦　雄《ゆう》飛《ひ》〈五坪道場一手指南〉
牧　秀彦　清《せい》冽《れつ》〈五坪道場一手指南〉
牧　秀彦　美《び》剣《けん》〈五坪道場一手指南〉
牧　秀彦　無《む》我《が》〈五坪道場一手指南〉
真梨幸子　孤《こ》虫《ちゅう》症《しょう》

2015年9月15日現在